DREAMBOOKS★

ORIENTAL FANTASY STORY & ADVENTURE

마검왕 21

dream books
드림북스

마검왕 21 행성(行星)

초판 1쇄 인쇄 / 2015년 4월 15일
초판 1쇄 발행 / 2015년 4월 22일

지은이 / 나민채

발행인 / 오영배
책임편집 / 편집부
펴낸 곳 / (주)삼양출판사 · 드림북스

주소 / 서울시 강북구 도봉로 173
대표 전화 / 02-980-2112 팩스 / 02-983-0660
편집부 전화 / 02-980-2116 팩스 / 02-983-8201
블로그 / blog.naver.com/dreambookss

등록번호 / 제9-00046호
등록일자 / 1999년 3월 11일

ⓒ 나민채, 2015

값 8,000원

ISBN 979-11-313-0323-8 (04810) / 978-89-542-3036-0 (세트)

* 지은이와 협의하에 인지는 생략합니다.
* 잘못된 책은 구입한 곳에서 바꾸어 드립니다.

이 도서의 국립중앙도서관 출판시도서목록(CIP)은 서지정보유통지원시스템홈페이지
(http://seoji.nl.go.kr)와 국가자료공동목록시스템(http://www.nl.go.kr/kolisnet)에서
이용하실 수 있습니다. (CIP제어번호: 2015010805)

魔劍王

마검왕

나민채 퓨전무협 장편소설

ORIENTAL FANTASY STORY & ADVENTURE

 21

행성(行星)

dream
books
드림북스

목차

魔劍王

제1장

동귀어진(同歸於盡)

　잠깐이지만 세상이 빨갛게 보였다. 뇌 속의 '그 움직임'들이 느껴졌다.

　명왕단천공이 완숙해졌기 때문이었고, 그러한 현상들은 갈수록 명확해지고 있었다.

　전대 교주였던 검마는 이러한 현상을 어떻게 해석했을지는 몰라도, 나는 이렇게 해석한다.

　수백 가지 시나리오가 동시다발적으로 들어오면서 잠깐 머릿속에서 번쩍였던 그 빨간 빛들은 뇌 속 신경세포들이 신호와 신호를 주고받을 때 생기는 전기 스파크일 것이며, '그 움직임'들은 전기 신호들이 시냅스를 통해 다른 신경세포들로 전달될 때 생기는 느낌이라고…….

좋은 느낌.

좋은 기분이다.

쉐아아악!

나는 마검을 꼬나쥐고는 놈을 향해 일자(一)로 몸을 날렸다.

마검이 뿌린 흑광(黑光)과 내 전신에서 뻗친 붉은색 열기가 선명한 두 줄기 선을 이루면서, 허공을 가로질렀다.

놈도 내게 날아왔다.

비호(飛虎)가 사납게 울부짖을 때 내는 그런 소리가 거기에서 나왔다.

심하게 일그러지기 시작한 파장의 틈 사이로, 놈의 검명(劍鳴)이 우우우 하고 울었다.

그 속에 검기가 깃들어 있다. 백팔십사 개의 예리한 기운들이 내 전신을 꼬챙이 꼬듯 날아오는 기세가 상당히 위협적이다.

혈마가 남겼던 수많은 무공 중에 검망십이로(劍網十二路)라는 것이 있다.

검망십이로는 본교의 전대 교주였던 생마(生魔)를 통해 단 한 번, 세상으로 나왔으면서도 수백 년이 흐른 지금까지도 전설이 되어 회자되고 있다.

명왕단천공이 가져오는 이미지에 따라 검을 흔들자, 나의 검봉(劍鋒)에서도 짓눌러왔던 기운이 터졌다.

　그리고 십이양공의 열기와 마검의 마기가 한데 합쳐진 강렬한 기운이 열두 갈래로 갈라지며 놈의 검기를 향해 날아간 그때.

　나는 내가 펼친 그것이 검망십이로임을 직감했다.

　스슷.

　스스스슷.

　열두 갈래의 길이 서로 얽히면서 미로가 만들어지고 있다.

　생문(生門)을 만들어 둘 수도 있지만 그렇게 하지 않았다.

　빠져나올 구석이 없는 죽음의 쳇바퀴로 만들었다. 놈의 검기뿐만 아니라 놈조차도 그 안에 갇혔다.

　검기로 가득 찬 미로 속.

　살기 위해 바둥치는 놈의 모습에서 명왕단천공의 성장을 다시 한 번 느꼈다.

　명왕단천공은 정보 종합 처리 시스템 만이 아니었다. 상식적으로는 이해할 수 없지만, 기록 저장 장치 역할까지 겸하고 있었던 것이다.

　저번에는 천강혈마검법(天降血鬼劍法)이, 이번에는 검망

십이로가 봉인에서 풀렸다.

다음에 어떤 무공이 또 해금(解禁)될지 모른다는 것보다
도 흥미로운 사실은, 이런 식으로 한 번 재현된 무공은 그
묘리를 완전히 체득할 수 있다는 사실이다.

즉, 명왕단천공을 발동시키지 않고도 내 의사에 따라
재현된 무공을 언제든 사용할 수 있었다. 마치 오랜 기간
그 무공을 수련해 온 것처럼.

"내게 잔재주가 통할 것 같으냐!"

놈이 외쳤다.

정작 놈은 미로 속에서 허우적대고 있었다.

그 안에서 녀석의 공력과 내가 만들어낸 검기들이 충돌
해댔다.

팡! 파아아아앙!

충돌의 여파가 사방으로 터져나갔다.

좌우로 절벽들이 무너져 내린다.

잔잔한 호수에 수류탄이 터진 것 같이, 장강의 물줄기
또한 하늘을 향해 치솟아 올라대는데 배라고 온전할 리
없었다.

윤선(輪船)은 순식간에 산산조각 났고, 나는 허공을 밟
으며 연신 마검을 흔들어댔다.

검망을 유지하기 위해서였다.

그런데?

명왕단천공이 먼저 경보해 왔다. 뇌리를 스치고 지나가는 이미지들 중에 놈이 스스로 생문을 만들어 나오는 선명한 광경이 있었다.

나는 속으로 혀를 내둘렀다. 비록 내가 펼치고 있는 검망이라고 할지라도, 입장이 바뀐다면 빠져나올 자신이 없었다.

"……!"

사악!

청량한 바람이 검망을 가르며 새어나왔다. 내가 고개를 확 젖히자 긴 앞 머리카락이 바람과 함께 떨어져 나갔다.

조금만 늦었어도 인중을 중심으로 얼굴이 두 동강 났을 것이다.

나를 향해 날아드는 녀석의 모습이 다시 시선에 들어왔다.

놈을 중심으로 평행선을 잡았을 때, 양 끝의 절벽들은 와르르 무너져 내리고, 쓰나미처럼 반고리 형상으로 수십 미터 높게 치솟아 오른 장강의 물줄기가 녀석의 뒤를 바짝 따라 붙었다.

이번에는 네놈이 내 재주를 받아 보거라!

놈의 눈빛이 그런 식으로 빛났다.

그러던 문득.

놈이 대동하고 있던 물줄기가 수룡(水龍)처럼 변했다.

그것이 녀석의 발밑에서부터 나를 향해 날아들었다.

"흥!"

희귀한 수법은 아니다.

공력으로 장강의 물줄기를 움직이고 있는 것에 불과하다.

다만 인위적으로 저만한 크기의 형상을 만들고, 단순히 형상뿐만 아니라 그 안에 위협적인 기운까지 심어 놓기 위해서는 가공할 공력이 필요하다는 것이 문제라면 문제였다.

손아귀 흑천마검에서 검자루가 부르르 떨리는 게 느껴졌다.

흑천마검 녀석이 무엇을 말하고 싶어 하는지 알 것 같았다.

인황이 만든 수룡은 녀석이 만들 수룡에 비하면 피라미보다도 못할 테니까.

나는 검자루를 더 강하게 움켜쥐는 것으로 흑천마검의 의견을 묵살시켰다. 그리고는 장강으로 떨어져 내림과 동시에 수면을 세차게 굴렀다.

공력 대결을 원한다면.

"받아주마!"

내가 발을 굴렀던 지점에서 세 걸음쯤 떨어진 부근에서부터 물줄기가 치솟아 올랐다.

쏴아아아!

폭도 높이도, 마치 거대한 폭포를 거꾸로 뒤집어 높은 것 같이 보인다.

놈이 날려 보낸 물줄기가 수룡의 형상을 한 창이라면, 내가 만든 물줄기는 거대한 벽의 형상을 한 방패다.

모순(矛盾)은 없다.

창대가 부러지든지, 방패가 뚫리든지.

우리는 누가 먼저라 할 것 없이 우리가 만든 물줄기 속으로 파고들었다.

물 속에 들어와서 본, 일그러진 수룡의 형태는 흡사 악마의 얼굴과 닮아 있었다. 그리고 그 속에 담겨 쌍장(雙掌)을 내뻗으며 날아들고 있는 인황의 모습 또한 별반 다르지 않아 보였다.

화난 호랑이상이었던 얼굴이 악마처럼 변했다.

어쩌면 놈에게도 내가 그렇게 보일지도 모르지만……

촤악. 촤악.

나는 물에 잠긴 채 두 팔을 팔(8)자 형식으로 그으며 공력을 끌어 올렸다.

격돌의 순간.

돌리고 있던 두 팔을 앞으로 내 뻗었다.

놈과 나는 두 손바닥과 손바닥이 맞부딪쳐서 자석처럼 달라붙었다.

안에서는 검망십이로의 미로처럼 복잡한 격류들의 흐름이 우리들의 몸을 쪼아대지만, 바깥에서 볼 때는 거대한 두 개의 물줄기가 부딪친 꼴이었을 것이다.

우리는 잠깐 참았지만 끝까지 그럴 수 없었다.

누가 먼저라 할 것 없이 참을 수 없는 외마디 비명과 함께 피를 토했다.

"킥!"

"억!"

우리 입에서 솟구쳐 나온 핏물의 양이 상당했음에도 불구하고, 치솟고 내리꽂고 좌우로 흔들어대는 격류(激流)와 함께 순식간에 흔적도 없이 사라졌다.

그때 우리가 들고 있었던 검들은 이기어검술에 의해 우리 손을 떠나있었다.

두 개의 검이 이쪽 물줄기와 저쪽 물줄기를 오가며 요란하게 맞부딪쳐댔다.

— 교주. 네놈이 천기를 어지럽히고 있음이다. 어떻게 역천(逆天)한 것이냐.

놈의 목소리가 전음으로 들려왔다.

놈이 번뜩이고 있는 푸른색 안광 때문에, 놈 주변의 물줄기는 퍼런 빛깔로 번져 있었다. 반면에 내 쪽은 붉은색 빛깔이다.

나는 대답하지 않았다.

전음을 보낼 힘마저도 놈과의 공력 대결에 쏟아야 할 만큼, 놈의 공력은 지금껏 상대했던 그 누구보다도 대단했기 때문이다.

늙은이면서도 어린 것의 몸을 했던 지황이라는 작자는 놈과 비할 바가 되지 못했다.

이놈은 진짜다.

으읍.

내가 공력을 더 밀어 넣자, 저쪽에서도 공력이 한 단계 더 늘어났다. 부쩍 구겨진 얼굴만큼이나 놈 또한 더 이상 전음을 보낼 여유가 되지 못했다.

우리는 서로에게 날아드는 검을 피해 손을 맞닿은 채로 방향을 비틀었다. 마검이 놈의 바로 머리맡을 스쳐 지나가고, 놈의 보검은 내 목 옆을 스쳐 지나갔다.

두 개의 검이 잠수함에서 쏘아 보낸 어뢰(魚雷)와 같이 물속에 궤적을 남겨대며 정신없이 오가는 가운데, 꽤 많은 시간이 지났다.

슬슬 우리의 입에서도 피가 흘러나오기 시작했다.

격돌의 순간에 토해냈던 사혈(死血)과는 다른 성격의 피다.

놈도 나도 내상을 입고 있는 중이라는 증거였다.

이윽고.

놈의 입에서부터 공기 방울들이 뿜어져 나왔다.

고르르…….

격랑에 지워지는 핏물 자국 위로 공기 방울들이 부글부글 떠오른다.

그러자 놈의 수룡도 기세가 꺾였다. 창대에 금이 가기 시작한 것이다.

나는 그 틈을 놓치지 않고 공력을 한층 더 끌어올려 밀어 넣었다. 그러자 놈은 그를 품고 있는 수룡과 함께 뒤로 밀려났고, 나와 수벽은 자연스럽게 진일보하는 꼴이 되었다.

느리지만 한걸음 정도의 거리씩 놈이 밀려나고 있었다.

내 쪽이 우세하다는 판단이 섰으니, 더 이상 망설일 게 없었다.

나는 단전 밑바닥에 남아있던 기운까지 끌어 올렸다.

놈도 대응에 나섰다.

번뜩이는 안광(眼光)과도 같은 푸른색 기운이 놈의 전신을 휘감아 돌면서, 놈의 물줄기 전체를 푸른색으로 물들 였다.

수룡이 꿈틀대면서 마지막 몸부림을 했다. 거대한 물줄 기에서 갈라져 나온 물줄기들이 용이 발톱으로 할퀴는 것 같은 형세로 내 수벽을 때려댔다.

그때마다 물속의 격량이 거세졌다.

내 전신이 이리저리 흔들려 댔으나, 도리어 나는 점점 더 침착해져 갔다.

완전히 끌어올린 십이양공의 기운이 혈도를 타고 손바 닥 끝으로 모여들어 간다.

비로소 뻘건 아지랑이가 기지개를 켰다.

꿈틀거리며 갈래갈래 뻗어 나갔다.

스으으으.

갑자기 운신이 자유로워졌다.

나를 부유(浮游)시키려던 물속의 힘이 사라진 것이다.

그렇게 나를 품고 있었던 물줄기가 눈 깜짝할 사이에 기화돼버리고, 후끈해진 공기만이 폐부 깊숙이 들어오고 있었다.

온 시야가 뿌옇게 변한 바로 그때였다.

팡!

놈이 우리가 마주하고 있던 손바닥을 튕겨냄과 동시에,

성난 응조수(鷹爪手)가 수증기로 뿌예진 공간을 뚫으며 날아들었다.

동시에 놈을 품고 있던 물줄기 또한 내 전신과 머리 위로 와락 쏟아져 내렸다.

그 순간 드는 생각은 오로지 하나였다.

……동귀어진(同歸於盡)?

— 혼백(魂帛)의 나이가 틀려! 하계(下界)에 있어서는 아니 될 놈이구나.

그 목소리보다도 놈의 응조수가 먼저 내 어깨에 틀어박혔다.

손 한마디가 완전히 파묻힌 그대로, 내 상완골(上腕骨)을 움켜쥐었다. 다듬어지지 않은 돌칼로 뼈뿐만이 아니라 근육과 핏줄 전체를 쓱쓱 그어대는 듯한 날카로운 통증이 저릿하게 일었다.

그것은 아주 찰나였다.

곧장 밀려들어 오는 이질적인 기운이 있었다. 육신을 좀먹어 들어가려는 악성 바이러스와 같은 그것이 스믈스믈 들어오기 시작했다.

놈의 얼굴이 한눈에 들어왔다.

입에서는 피가 울컥울컥 새어나오고, 홍채와 흰 공막

전부로 거미줄처럼 갈래갈래 찢어진 실핏줄들이 새빨갛게 선명하다.

극심한 내상!

— 죽고 싶다니 죽여주마!

나는 주먹을 쥐어서 놈의 가슴을 때렸다.

하지만 생각한 것과 달랐다.

놈의 가슴이 심장과 함께 뚫리는 대신.

쾅!

바위가 무너지는 듯한 큰 소리가 나며, 놈의 몸이 크게 튀어 올랐다.

푸왁!

놈의 몸이 제자리를 찾아 돌아오던 순간, 놈의 입에서 한 움큼의 피가 쏟아져 나왔다. 의도한 것이 분명하게도 핏물 전부가 내 얼굴로 쏟아졌다.

놈의 입에서 피가 토해지는 그 짧은 순간, 나는 분명히 보았다.

놈의 두 안구에서도 핏물이 주르륵 흐르고 있었다.

— 나와 함께 가야겠다……. 교주. 네놈은 지극히 위험한 자로다…….

놈의 전음이 파르르 떨리며 들렸다.

그때도 나는 놈의 가슴을 비롯한 급소들을 연신 가격하

고 있었다.

의도했던 대로 심장을 뚫거나, 목을 절단해버리거나, 두개골을 바스러트릴 수 있었다면 좋았겠지만, 그때마다 놈은 충격 모두를 자신의 내부로 돌리는 방식을 택했다.

소멸이 아니다. 그 충격들이 고스란히 내부에서 터져간 다.

어느덧 놈은 구멍이란 구멍 전부에서 피를 흘려대고 있었다.

놈이 사정없이 찢겨진 장기에서 오는 참혹한 고통과 역류하는 공력의 혼돈 속에서 자신을 불사르고 있었다.

그러나 그렇게 극심한 내상과는 별개로, 내 어깨를 붙잡은 악력은 더 거세지고 거기에서 밀려오는 더러운 기운도 전보다 더 선명해진다.

젠장.

마치 도마뱀 꼬리 자르듯, 가슴 안쪽까지 완전히 뜯긴 채 도망쳐버린 옥제황월의 마지막 모습이 불현듯 떠올랐다.

이러다가 옥제황월이 그러했던 것처럼 나도 한쪽 어깨를 포기해야 할 상황이 올지도 모른다는 생각까지 들었다.

놈의 기운이 더 깊숙이 더 많이 침투하기 전에 빨리 결단을 내려야 했다.

놈이 그러하듯이 나 또한 놈의 신체 일부분을 움켜쥐고, 이쪽에서 먼저 놈의 명줄을 끊어 버릴까도 생각해 보았다.

명왕단천공은 꾸준히 작동하고 있다. 하지만 그 시나리오의 모든 끝이 똑같다.

과정은 틀려도 결과는 하나.

놈이 죽고 그다음에 내가 죽는다.

정작 그러한 구도를 원하는 자가 바로 놈이었다. 나만큼의 강자가 제 목숨을 대가로 내 목숨을 원하고 있었으니, 어쩌면 그 결과가 당연한 건지도 모른다.

동귀어진이라니…….

언제가 죽는 게 사람이라지만 이런 식의 죽음을 원치 않는다. 내 죽음은 자의(自意)에 의해서야만 하지, 타의(他意)에 간섭받을 수 없다!

바로 그 순간, 거의 본능처럼 묘수(妙手)가 뇌리를 스치고 지나갔다.

살짝 시선을 위로 올렸다.

이기어검술에 의해 놈의 보검과 함께 허공을 비행하고 있는 마검이 보였다.

— 허락한다. 이자를 삼켜라.

흑천마검에게 말했다.

— 크크크.

그러나 들려오는 대답이라곤 녀석의 괴이한 웃음소리뿐
이었다.

그렇다면?

나는 마검으로 놈의 보검을 멀리 쳐낸 후 내 쪽으로 회
수했다. 마검이 빠른 속도로 날아오고 놈의 보검이 그 뒤
를 바짝 따라 붙었다.

마검이 쏜살같은 속도로 바로 등 뒤 쪽까지 이르자, 놈
은 발끝이 하늘을 향하도록 몸을 수직으로 고쳐 세우는
것으로 마검이 날아온 궤적을 아슬아슬하게 피했다.

착.

마검이 놈을 스쳐지나 온 그대로 내 손아귀 안에 감겼
다. 그 순간 보검도 놈의 손아귀 안으로 돌아갔다.

놈은 내가 마검으로 그를 공격하려 할 것이라고 생각했
던지, 기류(氣流)를 읽기 위한 놈의 눈동자가 예리한 빛으
로 번뜩였다.

틀렸다 놈!

같이 죽고자 했겠지만.

"다시 볼 것이다. 네게는 찰나의 순간이겠지만 본좌에
게는……."

나는 그렇게 말끝을 흐리며 흑천마검에 공력을 주입했
다.

그러자 눈앞이 푸른 빛무리로 가득 찼다.

쏴악!

    *   *   *

한숨에 불어나간 민들레 꽃씨처럼, 푸른 빛무리가 부산
히 흩어졌다.

언뜻언뜻 새어들어 오는 밝아진 시야 속으로 실내 집
기들이 보였다. 창밖으로는 광활한 태평양의 파란 물결과
함께 해수면 위에 덩그러니 떠 있는 항공모함이 보였다.

그것들이 한데 눈 안으로 들어오는 순간, 나도 모르게
웃음이 나왔다.

"크크……. 크……."

그것도 잠깐.

욱신거리는 어깨의 통증. 그리고 체내에 남아있는 놈의
잔여물들을 느끼고는 곧바로 바닥에 가부좌를 틀고 앉았
다.

놈의 기운이 주인을 잃고 미쳐 날뛰었다.

다행히 그 양이 적어서 다스리기에 충분했지만 조금만 늦었어도 돌이킬 수 없었을 것이다. 설사 목숨을 유지했다 한들, 놈의 기운을 정화하는데 만도 한평생이 걸릴 일이었다.

놈에게는 정순한 기운이겠지만 내 몸에 들어왔을 때 그것은 아주 독살스런 바이러스였다.

엄지손가락부터 새끼손가락까지.

열 손가락 끝으로 푸른색의 기운이 연기처럼 모락모락 피어오르며 빠져나갔다.

다행히도 반나절이 넘는 짧지 않은 시간 동안 나를 찾는 이가 없었다.

놈의 기운을 완전히 몰아낸 후, 어깨 쪽으로 고개를 살짝 돌렸다.

온 의복이 피로 흠뻑 젖어서 상처가 감춰져 있었다. 그러나 상의를 비스듬히 흘러내리자, 선명하게 뚫린 손가락 자국이 드러났다.

상완근 앞쪽으로 구멍 하나. 뒤쪽으로 네 개.

거기에서 피가 새어나오고 있는 중이었다.

어느덧 통증은 내게 너무 익숙해져 버렸다. 그 옛날처럼 부산떨 것 없이 침대 포를 찢어서 상처를 감싸는 것으로 응급처치를 마친 다음, 입고 있던 모든 것을 탈의했다.

그런 후에 샤워 부스 안에서 놈이 내 얼굴에 토해냈던 피와 어깨에서부터 흘러나왔던 피들을 씻어냈다. 샤워호스에서 떨어져 배수구 쪽으로 흘러가는 물들이 오랫동안 핏물들로 뻘겠다.

＊　　＊　　＊

저쪽 세상의 흑웅혈마와 색목도왕과는 달리, 이쪽 세상에서는 나의 기묘한 이중생활에 대해서 아는 이는 아무도 없다.

구태여 이상한 의심을 사고 싶지 않았다.

피를 씻어낸 다음 복도가 뜸해질 때를 기다렸다가 의무실로 향했다.

그곳은 다나 샤론의 삼촌이자 전 미 해군 대장이었던 제라드 로어의 암 치료를 거행했던 곳답게, 침구(鍼灸)뿐만이 아니라 외과적 설비 또한 완벽했다.

거기에서 어깨에 난 구멍을 치료하되, 그간 자란 머리를 잘 쓰지도 않는 야구 모자 안으로 밀어 넣는 것으로 대신했다.

서재로 돌아오는 길에 인황과의 대결을 계속 반추(反芻)하며 걸었다.

놈이 심각한 내상을 각오하면서까지 공력 대결의 맥(脈)을 끊었던 것은 제 목숨을 제물로 바치는 한이 있더라도 반드시 나를 죽여야만 하는 이유가 생겼기 때문이었다. 결코 나와의 실력차이가 절대적이라서 그런 것은 아니었다.

결과적으로는 놈의 동귀어진은 거의 실패로 돌아갔지만, 그렇다고 해서 놈의 공력이나 무공이 가짜라는 말은 결코 아니다.

단언컨대.

놈은 거의 나를 패배시켰던 무트타르보다도 한 수 위였다.

일례로 놈의 내공도 나와 같이 태생적인 한계까지 쌓아 올린 상태였다.

우리가 정수(正數)로 맞붙었다면 결과가 어떻게 될지는 아무도 모르는 일이었다.

어쨌든 지황은 명백히 나보다 아래고, 인황은 나와 거의 동수를 이루고……. 그렇다면 천황이 남는다.

천황은 어떨까?

천황이 인황과 같은 수준만 돼도, 아니 지황 같은 수준만 돼도, 그 둘이 합공해 덤빈다면 승산이 서지 않는다. 그런 의미로 인황은 천황이든 지황이든 데려왔어야 했었다.

아무리 오랫동안 생각해 본들 결국 내가 나아가야 할 길은 정해져 있었다.

이번의 대결로 명백히 느꼈다.

더 이상 늦출 수 없다.

지금보다 강해져야 한다.

구태여 천황까지 가지 않더라도, 당장 놈의 동귀어진을 끊기 위해서라도 그래야만 했다.

'이동'의 특성상. 저쪽 세상으로 돌아갔을 때 나는 다시 놈에게 어깨가 붙잡힌 상태일 테니까.

"할라……."

무엇보다도 나는 지금의 경지에서 도약할 수 있는 방법을 제대로 알고 있기까지 했다.

그러던 문득.

마치 하늘이 점지해 준 것처럼 복도 창밖으로 다나 샤론이 눈 안으로 들어왔다.

그녀는 해변에 피워 놓은 모닥불 인근에서 푸니타의 가족들과 함께 있었다.

한 손으로는 긴 금발 머리를 귀 옆으로 쓸어 넘기며, 다른 한 손으로는 캔 맥주를 살포시 들어 홀짝이고 있었다.

미소를 품은 그녀의 옆모습이 저물어가는 저녁 바다와

어우러져, 어느 맥주 광고의 한 장면을 보는 듯했다.

그녀와 대화를 해봐야겠다는 생각으로 한 걸음 내디뎠다가 우뚝 멈춰 섰다.

신묘한 묘의가 담긴 수련이라지만 결국 직접적인 성교(性交)를 통한 것이었기 때문에 조심스러울 수밖에 없는 일이었다.

나는 설명할 수 없는 묘한 긴장감을 느끼며 다시 움직였다.

계단을 내려가 현관문을 열었다. 모래사장은 저택에서 그렇게 멀리 떨어지지 않은 곳에 위치해서, 현관에서 1분 정도 걸어가니 발가락 사이로 부드러운 모래들이 새어 들어오기 시작했다.

저벅저벅 걸어오는 나를 향해 사람들의 시선이 쏠렸다.

내 쪽에서는 실로 오랜만에 보는 이 반가운 사람들이 환한 미소로 나를 올려다보았다.

그중에서도 두 사람.

"나왔어?"

다나 샤론은 나를 향해 몸을 비틀며 부드럽게 감기는 눈웃음을 지어 보였다.

특히 긴 목이 깨끗했다.

"정도 한잔 할래요?"

그 옆에서 푸니타는 따지 않은 캔 맥주 하나를 들어 올렸다. 저녁놀을 받은 그녀의 구릿빛 피부가 삶은 달걀처럼 매끄럽게 빛났다.

다나 샤론과 푸니타가 양쪽으로 엉덩이를 조금씩 움직여 한 사람이 앉을 만한 공간을 만들었다.

그러나 나는 막상 거기에 앉지 못하고 등을 돌렸다.

다나 샤론이 섹스와 약물 중독에서 벗어나기 위해 어떤 고통을 겪었는지 불현듯 떠올랐으며, 선의(善意)로 충만한 푸니타의 그윽한 눈빛에서 어쩐지 죄의식이 들었기 때문이다.

등 뒤로 다나 샤론의 핀잔 소리가 들렸으나 발걸음을 멈추지 않았다.

서재로 돌아오고 나서, 내가 느꼈던 죄의식의 정체를 어렴풋이 깨달을 수 있었다.

당장 내 앞에 있었던 다나 샤론과 푸니타는 세상 부족할 것 없는 행복한 얼굴들을 하고 있었고 실제로도 지금의 생활에 만족하고 있었다.

할라 수련은 결국 성(姓)을 이용할 수밖에 없는 원초적인 수련이라서 내가 그 수련으로 인해 얻는 결실만큼 상대 여성에게도 그만한 가치가 있어야 하지만, 나와는 달리 그녀들에게는 결핍이 느껴지지 않았던 게 가장 큰 이유였다.

기적과 같은 기회를 준 것이라고 자위(自慰)할 수 있겠지만 결과를 배제하고 본다면, 그것은 교주의 지위를 이용한 강제와 강압과 다른 게 없었다.

더욱이 하얀 마스크를 쓰고 그네들에게 요구하면 스스럼없이 벗을 거라는 것을 잘 알고 있기 때문에 더 그랬다.

어쩔 수 없이 해야 할 일이 있다면, 그 일로 하여금 보다 긍정적인 가치를 추구해야 한다.

이를테면 행복.

그런 의미에서 다나 샤론과 푸니타는 수련 대상으로 적합하지 않다.

이쪽 세상 여성의 가치관이나 현재 그녀들이 느끼고 있는 행복을 고려하면, 성을 대가로 한 육체적 신장(伸張)은 의미가 없기 때문이다.

"음……."

집게손가락 끝으로 책상 위를 톡톡 건드리며 생각을 이어나갔다.

자하라와 산화혈녀와 같이 더 강한 힘을 원하는 여성이라면 저쪽 세상에서 어렵지 않게 찾을 수도 있을 것이다.

그러나 당장에 저쪽 세상으로 돌아갈 수 없을 뿐만 아니라, 돌아갈 수 있다고 해도 고려해야 할 문제가 하나 더 있다.

나와 수련을 한 여성은 필시 큰 능력을 얻게 될 거라는 것!

그러한 결과가 나와 내 주변에 영향을 미치지 않아야 한다.

이쪽 세상에 풀어놓은 팀과 알렉스 그리고 음양심법만 해도 충분히 과하다 할 수 있는데 또 다른 초인을 풀어놓을 수 없거니와.

저쪽 세상에서도 큰 힘을 가지게 될 그 여성이 어떤 식으로 변하게 될지 모르는 문제였다.

결국.

나와 함께 수련할 여성은 이쪽 세상에도, 저쪽 세상에도 없다.

그녀는 아마도 '또 다른 세상'에 있을 것이다.

옥제황월.

그놈의 세상에.

쏴악!

*　　　　*　　　　*

이 세상에서 중원으로 돌아갈 적에 봤던 그 경관과는 약간 달랐다. 중원과 현실 세상에서 보냈던 시간만큼 여기도 동일하게 흐른 것이다.

그래도 오팔같이 영롱한 성(星) 마루스가 설산(雪山) 끝에 닿을 듯이 크게 떠 있는 모습이나, 입김이 담배 연기처럼 뿜어져 나올 혹한(酷寒)의 기후는 여전했다.

얼어붙은 대지의 광활한 경관이 한 번에 시야 안으로 들어왔다.

― 역시 있었군.

장벽 위 초소 앞.

눈을 휘둥그레 뜬 채 침만 꼴깍꼴깍 삼키고 있는 두 사내가 거기에 있었다.

한 녀석은 칼이고, 다른 한 녀석은 일명 콧수염 사내다.

나는 콧수염 사내를 향해 손가락을 까닥였다.

녀석이 머뭇거렸다.

곧장 창을 꼬나쥐고 달려들지 않는 것으로 볼 때, 나를 기억하고 있는 것 같았다.

"상부에…… 보고하지 않았습니다."

이 세상의 기이한 언어가 고막을 건드는 가운데, 머릿속에서는 녀석의 의념이 스미어 들어왔다.

"저희 같은 것들은 게이트밖에 모릅니다."

녀석은 성간(星間) 이동에 관해 말하고 있었다. 용케도 그것을 기억하고 있었다.

녀석은 그렇게 말한 다음 캡 모자를 깊게 눌러쓴 내 얼굴을 보지 않고, 의식적으로 내 어깨너머에 펼쳐진 설원 쪽으로 시선을 멀리 두었다.

나는 이들과 나눴던 대화를 떠올리며 의념을 밀어 넣었다.

— 나머진 이라스 왕국의 마법사들에게 묻지. 다른 걸 묻겠다.

"예."

— 이 나라에 노예가 있느냐?

"있습니다."

녀석이 꾹 찌르면 노래가 튀어나오는 주크박스처럼 즉각 대답했다.

그러면서 녀석의 눈동자는 불안하게 흔들거렸다. 녀석이 나를 보는 지금의 표정은 노예 사냥꾼과 딱 마주친 빈민과 다를 바 없었다.

— 거래도 되겠지?

"……예."

— 그렇다면 어디에서 구할 수 있느냐. 가장 가까운 곳.

녀석이 잠깐 대답하지 못했다.

안도의 숨을 벌렁거리는 콧구멍으로만 슈우우우, 내뿜고는 장벽 아래쪽에서 바깥으로 난 넓은 길을 가리켰다.

　정식 관도(官道)로 보였다.

　녀석은 도보로 나흘 정도 떨어진 거리에 노예 매매장이 있는 큰 도시가 있다는 설명을 마친 뒤, 마술사가 상자로 가두기를 기다리는 관객처럼 몸을 빳빳이 세웠다.

　— 그리고.

　내 의념이 들어간 시점에서 놈의 전신이 또다시 움찔거렸다.

　— 내 행색이 눈에 띄는군. 적당히 가릴 만한 것을 가져오거라.

　녀석이 빠르게 움직였다.

　초소에 들어갔다 나온 녀석의 손에는 하얀색 외투가 들려져 있었다.

　두 녀석이 입고 있는 것과 동일한 것으로, 색과는 별개로 까마귀 깃털을 짜서 만든 게 아닐까 싶을 정도로 모피의 전반적인 질이 빳빳하고 거칠었다.

　그 외투를 걸치고 야구 모자를 벗었다. 긴 머리카락이 흘러나와 어깨까지 닿았다.

　멀뚱히 서 있는 콧수염 사내에게 쓰고 왔던 야구 모자를 훅 던졌다.

녀석이 반사적으로 야구 모자를 낚아채며 가슴으로 끌어안았다. 그리고는 멍청한 얼굴로 고개를 들었으나, 이번에도 차마 나와 눈을 마주치지 못했다.

— 외투 대신이다.

나는 그 의념을 남기면서 낭떠러지 같은 장벽 아래로 몸을 던졌다.

또 다른 세상의 저녁은 실로 아름다웠다. 달은 없지만 그보다 더 크고 영롱한 별, 마루스가 낮보다 더 밝은 빛을 냈다.

비록 낮에 비해 상대적으로 더 밝게 보이는 현상에 불과하다고 해도, 곧 지평선 너머로 사라질 저 아름다운 반구(半球)의 모습이 벌써부터 안타까웠다.

석양의 몇 배나 되는 모습으로, 오색(五色)으로 발광하는 저 신비로운 광경 앞에서 누군들 발길을 세우지 않을 수가 있을까.

나는 도시에 입성하는 것을 잠시 멈추고 성 마루스가 지평선 너머로 넘어가는 광경을 지켜봤다.

거기에는 인력(引力)이니, 자전이니 하는 천체학과는 결코 결부시킬 수 없는 낭만이 깃들어 있었다.

이윽고 성 마루스가 하늘에서 완전히 사라졌다.

완전한 밤이 찾아왔다.

달이 없어도 그렇게 칠흑 같지만은 않았다. 낮에는 태양에, 저녁에는 성 마루스의 빛에 감춰져 있던 크고 작은 무수한 별들이 단번에 나타났기 때문이다.

착.

구태여 경비병들이 지키고 서 있는 정문을 통과할 것 없었다.

어느 뒷골목으로 착지했다. 살짝 흘러내린 외투를 머리 끝까지 올리면서 적당한 사람을 찾아 무작정 골목을 걸었다.

찾던 사람이 나타났다.

한 사내가 장작을 등에 진 채로 골목 안으로 들어왔다. 아무렇지 않게 내 옆을 지나가려던 그를 스읍, 하는 소리로 불러 세웠다.

그때 좁은 골목길 양옆의 민가들에서는 문틈 사이로 벽난로 빛이 새어 나오고 있었다.

— 노예 매매장은 어디로 가야 하지?

그도 장벽의 두 녀석과 비슷하게 반응했다. 머리를 움켜잡고 귀를 막더니, 이름 모를 어떤 신에게 기도를 하는 것이었다.

의념을 밀어 넣는 것은 전음과는 명백히 다르다. 소리

가 들리는 게 아니라, 본인이 통제할 수 없는 어떤 생각이 강제로 떠오르는 것이니까.

— 해치지 않는다. 노예 매매장. 안내하라.

결국 사내는 덜덜 떠는 다리로 앞장섰다. 그는 견고한 한 상가 앞에 나를 데려다 놓은 후, 뒤도 돌아보지 않고 도망쳤다.

이곳, 중세 도시의 밤은 한산했지만 이 노예 매매장만큼은 달랐다.

외관만 얼핏 볼 때는 규모가 제법 큰 고급 주점 같은 느낌이 강했다. 재미있는 것은 굴뚝이 한 개가 아니라 여섯 개로, 그 여섯 곳 전부에서 연기가 끊임없이 피어오르고 있다는 것이다.

안뜰에는 스포츠카 대신 마차가 줄지어 세워져 있고, 마부들은 끼리끼리 모여 잡담을 나누기보단 소중한 말들의 체온을 유지시키는데 혈안이 되어 있었다.

큼지막한 모피로 말들을 덮고 문지르고, 모닥불이 꺼지지 않게 후후 불어가며 장작을 넣는다.

나는 덩치들이 지키고 서 있는 정문 쪽으로 천천히 걸어갔다.

"무슨 볼일이야? 장벽에서."

덩치 한 녀석이 대뜸 말했다.

내가 걸친 하얀색 외투가 장벽의 군인들만이 입는 전용 유니폼 같은 것이었던 모양이다.

"뭐야. 이거 마루스인이잖아."

다른 녀석이 내 머리 쪽으로 손을 뻗었다.

"마루스인이라고?"

덩치가 놀란 표정을 지으면서 내 얼굴을 빤히 쳐다봤다.

"정말이네?"

나는 그렇게 말하는 놈의 목 옆을 집게손가락 끝으로 가볍게 찍었다.

놈의 육중한 몸이 단번에 무너져 내렸다.

탁.

다른 녀석 또한 눈 한 번 깜짝일 틈 없이 쓰러졌다.

정문을 열고 들어가자 다른 세상이 펼쳐졌다.

왁자지껄한 시끄러운 소음들이 와락 부딪쳐 왔다.

어두웠던 시야가 대번에 환해지고, 차가웠던 공기는 후끈해졌으며, 깨끗한 외관을 한 신사들이 여기에 다 모여 있었다.

"출신 브라이. 열일곱. 건장한 체격. 체납. 특이사항 없음. 훈련사항 없음."

열다섯 명.

다양한 연령대의 노예들이 단상에 일렬로 세워져 있었으며, 노예 상인은 지휘봉으로 하나씩을 가리키며 조금씩 옆으로 이동하고 있었다.

그리고 깨끗한 외관을 한 사람들은 스트리퍼의 공연을 보는 관객처럼, 단상 앞 테이블에 앉아 자기들끼리 품평회를 열고 있는 중이었다.

모두가 어리고 잘생기며 예쁜 노예들을 보고 있는 동안, 나는 한 여성에게 눈길이 갔다.

그녀는 단상 제일 끝 구석진 곳에 버려진 듯 서 있었다.

깡마른 체구에 병적으로 보이는 차가운 인상.

그녀는 단상에 있던 노예들 중 가장 볼품이 없었다.

피부가 많이 초췌하고 창백했다. 우울한 표정이라도 좋으니 어떤 표정이라도 지으면 좋으련만, 그녀는 석고처럼 표정까지 없었다.

다른 노예들과는 달리 때 묻고 남루한 옷이 그대로인 것을 보면, 노예상도 그녀에게 기대를 걸지 않는 것 같았다.

나는 결정을 내렸다.

— 나와 같이 가겠느냐?

초점 없이 깜박이지도 않고 있던 그녀의 눈동자가 내 쪽으로 스윽 움직였다.

그리고는 그녀의 고개가 끄덕여졌다.

단 한 번.

아주 느릿하게.

제2장

나신(裸身)의 창부

그녀를 두 팔로 받쳐 안는 순간, 생각했던 것보다 느껴지지 않는 무게감에 잠깐 놀랐던 게 사실이다. 많이 봐줘야 40kg일 것 같았지만, 내 품 안에 안겨진 그녀는 그보다 5kg은 더 아래인 게 분명했다.

당연하겠지만 노예매매장엔 큰 소란이 일었다. 그러나 모두가 보는 앞에서 바람처럼 사라져 버린 나를 뒤쫓아올 수 있는 이는 아무도 없었다.

이 도시로 오는 길에 봐둔 곳이 있었다.

그곳은 작은 동굴로 도시와는 꽤 떨어진 어느 산의 침엽수림 안, 계곡에서 산정으로 연결되는 중간에 위치했다.

지붕과 지붕을 밟고 훌쩍 날았다. 품에 안긴 그녀를 바라봤다.

생기(生氣) 하나 없는 잿빛의 눈동자.

나를 빤히 보고 있지만 어쩐지 정상적이지 않았다. 어떤 감정도 없는 것이, 나는 그녀가 삶의 의욕을 완전히 잃어버렸다는 것을 느낄 수 있었다.

그래서 정체불명의 괴인(怪人)의 품에 안겨 하늘을 나는 기이한 경험을 하고 있었음에도 불구하고, 조금도 동요하는 기색이 없다.

피부까지 차가워 시체를 안고 있는 기분과 별반 다르지 않았다.

돌이켜 생각해보면 노예매매장에서 그녀가 고개를 끄덕였던 것도, 그녀의 의사라기보다는 그저 외부의 자극에 반응했던 거에 불과한 것 같았다.

동굴 앞.

그녀를 안은 채로 동굴 안으로 들어가려던 그때, 갑자기 그녀가 갑자기 바동거렸다.

나와 함께 산과 산을 뛰어넘을 때에도 가만히 있던 여자였다.

무슨 이유인가 싶어 살펴보니, 온통 어둠으로 가득 찬

동굴 안으로 격한 반응을 보이는 것이었다.

"제발요! 가두지 말아요!"

잔뜩 쉰 목소리였다.

내가 내려놓자마자, 그녀는 다짜고짜 내 앞에 쪼그리고 앉았다. 그리고는 두 손으로 바지 허리선을 붙잡아 끌어 내리려는 것이었다.

하지만 적당하게 조여진 허리띠 때문에 바지를 벗길 수가 없었다. 그녀는 무작정 내 낭심 부위에 얼굴을 파묻고 비비적거렸다.

— 그만.

그녀가 고개를 번쩍 들었다. 이제 와서 겁에 잔뜩 질린 얼굴로.

"제 입안은 따뜻해요……. 그러니 제발요……. 잘할 수 있어요."

확실히 그녀는 정상이 아니었다. 몸 상태만큼이나 정신 또한 쇠약해진 상태다.

그녀가 노예로 팔려 나오기 전에 무슨 일을 해왔었는지 알 것 같았다.

내 눈빛을 읽었는지.

"병에 걸리진 않았어요."

그녀가 먼저 대답했다.

쯧. 쯧.

가볍게 혀를 찬 후 그녀를 점혈했다.

축 늘어진 그녀를 다시 품에 안고 어둠으로 가득 찬 동굴 안으로 걸어 들어갔다.

쏴악!

저쪽 세상의 항공모함에서 필요한 것들을 가져왔다.

방한포로 동굴 입구를 막는 작업을 하고, 한기가 올라오는 지면에는 매트리스를 깔고 이불을 덮었다.

배터리로 작동하는 군용 LED 램프와 이동식 난로를 설치해 동굴 안의 밝기와 온도를 적당하게 조절했으며, 함께 먹을 식료품뿐만 아니라 여군들의 소지품 중에서 겨울용 사복들을 한 무더기 가져다 놓았다.

그 외 필요해질 의약품과 일상품들을 구비해 놓은 다음, 매트리스 옆에 앉았다.

나이가 어떻게 될까?

매트리스 위에 눕혀진 그녀를 바라보며 생각했다. 깡마른 얼굴만 보자면 삼십 대 초반 정도로 보이나, 어쩌면 보이는 것보다는 한참 어릴지도 모른다는 생각이 들었다.

일단 수련에 앞서 그녀의 육신과 정신을 회복시켜야 했

다.

병에 걸리지 않았다고 했지만 화류병(花柳病) 중 하나인 임병(淋病:임질)이 초기 증상으로 발견되었으며, 극심한 영양실조 증세 또한 있었다.

임질이야 항생제가 없던 시기에는 죽음에 당면하고 마는 치명적인 병이었다.

그러나 나는 항공모함 의무실에서 가져온 페니실린 주사를 그녀에게 놓았다. 임질 같은 세균성 병증에 대해서는 천의의 의술보다도 저쪽 세상의 페니실린이 더욱 빠르고 분명한 치료법이었다.

다만 어두운 곳에 대한 공포증과 구강성교(口腔性交)를 시도할 때 보여줬던 강박증세에는, 천의의 의술도 양의학도 소용없이 심리적 안정만이 최우선이라 할 수 있었다. 현 상태에서 만큼은 말이다.

"크크크."

그러던 문득 흑천마검의 웃음소리가 들렸다.

데구르르.

그쪽에서부터 페니실린이 담겨 있던 빈 주사 용기가 굴러왔다.

등을 돌리자, 어느새 인간형으로 변해 있던 흑천마검이 긴 손톱을 까닥거렸다.

"네놈도 참 어렵게 사는군. 인간이란……. 크크큭."

나는 따뜻한 물에 적신 수건으로 여자의 얼굴을 닦아 주고 있었다.

물기에 반들반들해지기보단 창백한 피부가 더 잘 드러 났다. 살이 없어 볼록 들어간 뺨 때문에 광대 또한 더욱 도드라져 보였다.

세상엔 측은한 사람들이 많다. 그녀도 그중에 한 명이 었다.

"벌써 배가 고파졌나?"

내가 물었다.

"배고파지면 말해. 네 녀석은 굶기지 않는다."

녀석과 나와의 관계는 딱 여기까지다.

"아직은."

그러나 대답과는 달리, 놈의 번들거리는 두 눈이 기묘한 웃음을 머금은 채 이리저리 움직이고 있었다.

이럴 때 놈은 예상치 못한 일을 벌이고 만다. 나는 관자놀이를 찌르며 들어오는 쭈뼛한 신경을 짓누르며 차분하게 말했다.

이제 와서 놈이 갑자기 사라지기라도 한다면 그것만큼 곤란한 일도 없었다.

"역시나 왔군."

녀석이 얼굴에서 웃음을 지우며 말했다.

"누구."

"이 세계엔 제법 재미있는 것들이 있었지. 어떤 형체를 갖췄는지 보고 싶었는데 마침 잘 됐어."

"무엇을 말이지?"

"인과율(因果律)의 조각이라고나 할까?"

인과율의 조각?

녀석은 큰 인심을 쓰는 듯한 얼굴로 그렇게 뇌까린 후, 동굴 밖으로 걸어나갔다.

황급히 그 뒤를 뒤따랐다. 녀석이 마음대로 사라지는 일 만큼은 막고 싶었기 때문이다.

동굴 입구를 막고 있던 방한포를 젖혔다.

바로 그 순간 눈이 내려앉은 설림(雪林)을 배경으로 우두커니 서 있는 녀석의 뒷모습이 보였다.

그런데 평상시와는 뭔가가 달랐다. 녀석의 고개가 살짝 하늘을 향해 치켜 들려져 있었다. 그렇다고 밤하늘을 올려다보는 것도 아니었다.

"그건 이 몸이 알 바 아니지. 보다시피 불완전한 존재로 있지 않느냐."

녀석이 말하고 있었다. 내게 하는 말이 아니라는 것쯤은 알 수 있었다.

대략 몇 초가 흐른 후, 녀석이 다시 말했다.

"백운, 그년이 말해 주지 않던가? 네 녀석의 근본(根本)을? 크크큭. 조율자(調律子)라니. 뭐. 네 녀석들이 스스로를 어떻게 인지하고 있든 이 몸과는 상관없겠지. 조율을 하든 파괴를 하든 마음대로 하고, 그년을 내놓기만 하거라. 그럼 간여치 않겠다."

나조차도 소름이 돋을 만큼 섬뜩한 목소리가 스믈스믈 퍼졌다.

누구와 대화를 하고 있는 것일까?

기묘하게도 형체가 보이지 않을뿐더러 어떤 기운도 느껴지지 않았다.

"누구지?"

내가 물었다.

흑천마검은 내 그 물음에 대답하지 않고, 잠깐 쉬었다가 말했다.

"크크크크…… 경솔하군."

이번에도 허공에 대고 말했다. 어쩐 일인지 내게 보이지 않지만, 분명히 흑천마검은 무언가와 마주하고 있었다.

"편을 잘못 택했다."

흑천마검은 그렇게 내뱉고는 나를 휙 돌아봤다. 녀석의

새하얀 동공과 마주치는 순간, 녀석이 바람을 일으키며 날아들었다.

그렇게 내 손으로 휘감겼을 때에는 어느새 마검의 형상으로 돌아와 있었다.

마검을 손에 쥐던 바로 그때였다.

온 시야가 황금빛 물결로 가득 찼다.

거대한 것이 중요 프레임이 잘려나간 잘못된 편집 영상처럼 갑자기 나타났다.

황금색 비늘이 돋아난 굉장한 날개가 온 하늘을 감싸고, 거대한 몸체는 폭풍 소리 같은 숨소리에 맞춰 부풀어졌다가 꺼진다.

또한 태양을 뚝 떼어다가 떨어트려 놓은 것이 분명한 시뻘건 두 개의 눈은, 세로로 찢어진 파충류의 그것으로 나를 쳐다보고 있었다.

그러나 나는 위축되지는 않았다. 다만 놀랐을 뿐이었다.

보이지 않던 것이 일순간 갑자기 보이게 된 까닭도 있었지만, 우리네 세상에서는 허구(虛構)로만 존재했던 드래곤이 내 바로 앞에서 실재하고 있는 상황이 더욱 그러했다.

설마 했었는데.

— 놀랄 것 없다. 애송이.

흑천마검의 목소리가 머릿속에서 들렸다.

— 저건 드래곤. 그렇지? 신기하군.

— 관념(觀念)이 이어지는 게 그리 신기할 일만도 아니지. 특히 동일 차원 안에선.

— 그건 다음에 듣고. 그런데 저것. 잔뜩 화가 나 있어. 왜지?

온통 금빛으로 가득 찬 눈동자가 심상치 않았다.

— 이 세상에 온 이상, 그 인간을 죽여야 하지 않느냐? 애송이.

— 옥제황월?

— 저것이 비호하고 있다.

— 역시 살아 있었어. 백운신검은?

— 그년의 혓바닥은 현혹 덩어리지.

— 저것과 이미 한통속이 되었다?

— 애송이. 네놈 혼자선 저것을 해치울 수 없다. 그건 애석하게도 이 몸이 반쪽인 이상 마찬가지지. 우리가 함께해야 한다. 이 몸은 건방진 저것의, 너는 인간 놈의 목숨을 원하지. 전과 같다.

바그다드에서 있었던 대재앙을 하루도 잊은 날이 없는데 다시 합일(合一)이라……. 또 얼마나 많은 사람들이 비명에 갈 것인가!

그런 일은 결코 일어나지 않을 것이다. 나는 이미 무수히 많은 업보를 지고 말았다. 녀석 덕분에.

"당신을 뭐라고 불러야 합니까?"

거대한 금안(金眼)을 향해 말했다. 이쪽 세상의 언어가 아닌 한국어지만, 예상했던 대로 상대는 의념을 읽을 줄 알았다.

— 다섯 조율자 중 하나.

"그렇게 부르지요. 조율자. 내 동료가 말하길 당신이 내 원수를 보호하고 있다고 했습니다."

— 반신(半神)을 말하는 것인가. 반신의 그릇을 말하는 것인가.

"인간을 말하는 겁니다. 당신이 반신의 그릇이라고 하는. 놈을 보호하고 있습니까?"

— 나와 함께 있다.

"그렇군요. 말했다시피 놈은 내 원수입니다. 놈을 내놓아야 할 겁니다. 당신도 알겠지만 나와 내 동료는 이 세상에 재앙이 될 수도 있습니다. 하지만 난 그것을 원치 않습니다."

화악!

정면에서 금빛이 번뜩였다.

— 창조주의 의지를 이행하는 우리 조율자들을 대표하여 그대에게 경고한다. 반신의 그릇이여. 우리의 시공간(視空間)에 개입하지 말지어다.

나는 반사적으로 공력을 일으켰다. 그러나 저 거대한 금안에서부터 밀려들어 오고 있는 것은 성질부터가 다른 것이었다.

— 우리의 시공간에 개입하지 말지어다.

그때와 흡사했다.

흑천마검과 합일했던 때, 이슬람 제국군 수만 명의 의념이 한 번에 흘러들어왔던 그때.

그러나 그때와는 달리 나는 흑천마검과 합일한 상태가 아니었다.

공력으로 어찌할 수 있는 게 아니다. 이건 영적 크기의 문제다.

— 우리의 시공간에 개입하지 말지어다.

아찔했다. 저 의념들을 막지 못하면 세뇌당하고 만다!

미간의 할라를 개방시켰다. 그쪽으로 원기를 회전시켰다. 그러나 수많은 의념들이 내 정신을 파고들어 고착화되는 게 느껴지기 시작했다.

그것은 곧 행동으로 반영된다.

이를테면…….

나는 원래 세상으로 돌아가기로 마음을 바꿔 먹었다.

아마도 세뇌를 당했기 때문에 그런 생각을 하고 마는 것이겠지만, 세뇌와는 상관없이 줄곧 내 결정을 의심하고 있던 차였다.

이 세상에서 새로운, 그것도 강력한 적들을 다시 만들어 싸우는 일보다도 중원과 현실 세상에 남겨진 일부터 해결하는 게 올바른 수순이라고 할 수 있었다.

일단은 중원으로 돌아갈 수는 없으니 현실 세상으로 돌아간다.

수련할 방법을 찾고, 강해진 다음 삼황을 비롯하여 중원을 정비하고, 그 후에 옥제황월을 제거할 방법을 찾는다.

이게 합리적이다. 세뇌를 당했다기보단 내 진정한 의지가 먼저 그랬다. 우연히 맞아 떨어진 것에 불과한 것이지.

그러던 문득.

저쪽 세상으로 돌아가기 위해 공력을 주입하려던 순간에 흑천마검의 목소리가 머리를 때렸다.

— 환장하겠구나!

*   *   *

— 환장하겠구나.

쏟아져 들어오던 의념이 씻겨 날아가고.

— 환장하겠구나.

흑천마검의 목소리만 울렸다.

흑천마검에 주입하려했던 공력을 회수했다. 그리고는 거대한 금색 눈동자를 바라봤다.

"이렇습니다. 내 동료는 끔찍한 녀석이지만, 가끔은 이런 식으로 쓸모가 있지요."

태연한 척 말했지만 실상은 그렇지 않았다.

의념에 의한 세뇌는 어느 프로그램을 주입시킨 로봇처럼 갑자기 달라지는 식이 아니었다.

놀라웠다.

의념을 그런 식으로 사용할 수 있다는 것도 그랬고, 세뇌된 의념이 내 의지처럼 자연스럽게 인식되었다는 점도 그랬다.

"당신도 내 동료의 정체를 알지 않습니까? 우리가 힘을 합치면 무엇을 할 수 있는 지도요. 정녕 우리가 힘을 합치길 바라는 겁니까? 내게 그런 선택을 강요하지 마십시오."

— 그것이 그대와 그대에게 담긴 반신이 우리의 시공간

에서 사라져야 할 이유다.

"그러니 내놓으시지요. 조용히 있다 사라져 드리겠습니다."

― 불가(不可)하다.

"하면 묻지요. 왜 그들의 편에 선 겁니까? 따지고 보면 당신들의 시공간에 개입하고 있는 것은 우리가 아니라 그것들입니다."

내 물음에 대한 답이 들려오지 않는 가운데, 흑천마검의 목소리가 끼어들었다.

― 저것들은 뜻을 굳혔다. 이제 남은 건, 애송이 네놈의 선택이다.

내 선택이라.

나는 흑천마검의 말을 되새기면서 입술을 뗐다.

"조율자. 당신은 내게 끔찍한 선택을 강요하고 있습니다. 나와 내 동료가 힘을 합치면 당신 하나 제거하는 건 일도 아닙니다."

― 그 또한 불가할 것이다. 우리는 창조주의 의지를 이행하는 자. 이 시공간을 조율하는 불멸의 존재. 우리 다섯 조율자는 그대와 그대에게 담긴 반신에게 경고하였다. 떠나라.

그 의념이 끝이었다.

갑자기 보였던 것처럼 갑자기 사라졌다.

소리가 났다면 팟!, 쯤 되었을 거다.

앞서 그랬듯이 실제 존재하고 있지만 단지 보이지 않는 것이 아닐까, 하는 의심이 들었으나 흑천마검이 결론을 내려줬다.

"돌아갔다. 지금도 늦지 않았다, 애송이. 지금 이 순간부터 저것들은 명백히 우리의 적이다."

손아귀에서 빠져나오자마자 인간형으로 변한 흑천마검이 내 앞에서 새하얀 동공을 번들거리며 말했다.

녀석의 긴 머리칼이 스쳤던 뺨으로 차가운 한기(寒氣)가 스미어 들었다. 이 세계의 혹한 따위는 비할 바가 못 됐다.

"신기한 존재더군. 원기(元氣)를 지니지 않는 생물체가 있다니."

"영체(靈體)였다."

녀석이 그런 것도 모르냐는 식으로 짧게 뇌까렸다.

실체가 따로 있다면 그럴 수도 있겠다 싶어, 고개가 끄덕여졌다.

"실체로 데려다 주지. 내 손을 잡아라."

녀석이 팔을 뻗었다.

시체처럼 새하얀 손등과 손가락 그리고 거기에서 이어

지는 기다란 손톱.

가위손 같은 그것이 허공에서 까닥까닥거렸다.

"꿈도 야무지군. 합일은 없다. 이유는 네 녀석이 모를 리가 없겠지. 합일 외에 방법이 있다면 겸허히 따라주겠지만."

"아직도 모르겠느냐. 네놈이 혼자 할 수 있는 것은 없다."

"피차일반(彼此一般). 같은 처지에, 유치한 말장난 따윈 그만두고. 몇 가질 묻지."

"크크큭. 건방지기론 온 우주에 네놈만 한 것도 없지. 그딴 건 구글(google)에 검색하거라."

"'우리'의 적에 관해서다. 정체를 알아야 싸울 수 있겠지. 넌 저것들과 백운신검을 원하고, 난 옥제황월을 원하지. 이유가 더 필요하나?"

녀석에게서 대답이 없다. 그것은 곧 긍정의 신호였다.

"그들도 모르는 정체를 잘 알고 있던 것 같던데. 드래곤. 그들은 뭐지? 인과율의 조각."

내가 물었다.

"네놈도 본 적이 있었다."

그러면서 흑천마검은 주먹을 살짝 쥐어서, 컵을 뒤집는 시늉을 했다.

칼리프의 모래시계!

그것이 뇌리를 스치고 지나갔다.

"모래시계를 말하는 것이군."

"그건 인과율을 완전히 담은 존엄한 실체였었다. 무슨 연유로 인한 것이든, 실체화되었다면 마땅한 형체를 갖추어야 했지만……."

녀석의 입이 반쯤 벌어졌다.

날카로운 윗니와 아랫니들 사이로 점액질 성분의 침들이 흡사 거미줄처럼 기다랗게 이어진 채로, 얼굴은 바들바들 떨었다.

흑천마검이 비록 쪼개진 상태라지만.

그래도 한때는 완전했던 존재가 아니었던가.

그런 녀석에게 온 우주의 질서를 담은 힘이 티끌만도 못한 미물의 손아귀에서 움직이는 꼴은, 녀석이 생각할 수 있는 가장 최악의 일이었다.

때문에 흑천마검은 성격장애 환자처럼 극심한 감정변화를 보이고 있었다.

녀석의 만면으로 섬뜩한 기운이 번질거렸다.

한 가지 의문이 들었다.

인과율은 모든 섭리 중에 제 일 원칙. 그런 힘이 왜 실체를 갖추어 존재하는 것일까. 그건 너무 위험한 일이지 않은가?

거기에 대해 물었다.

녀석이 크르륵거리는 괴기한 소리를 내며 고개를 비틀
다가, 차가운 숨을 토했다.

"저게 맞는 것이다. 형체를 갖췄다면 저런 식이어야 했
었다. 하찮은 미물 따위는 감히 쳐다볼 수 없는 신적인 존
재로."

"그러면 모래시계는 왜? 조각이 아니라 완전한 하나였
다."

"그 또한 인과율의 섭리."

흑천마검이 뾰족한 이빨을 드러내며 답했다.

"그러니까 넌 그 이유를 모르는군."

"그러니까 그년을 바쳐라. 우주의 진리를 보여주지. 하
찮은 미물 따위인 네게."

우리는 한마디씩 주고받았다.

"드래곤은 스스로를 조율자라고 하더군. 왜지?"

다시 본론으로 넘어갔다.

"인과율이 근본인 것들이다. 저런 것들은 이 몸이나 그
년 같은 존재를 싫어하지. 우리는 불완전하니까. 하물며
우리를 담고 있는 너나 그 인간 놈은."

딱!

바로 그 지점에서 흑천마검이 말을 멈췄다. 그때 나는 녀석의 얼굴을 스치고 지나간 당혹감을 놓치지 않았다.

녀석이 숨기려던 뭔가가 있었다.

"잠깐."

내가 입을 열자, 흑천마검이 크크큭거리고 웃다가 고개를 끄덕였다.

"왜 저것들이 이 몸은 적대하고, 그년은 두둔하는지?"

녀석이 선수 쳤다.

"왜지?"

옥제황월이 원래 이 세상 사람이기 때문은 아닐 것이다.

그런 단순한 이유일 리가 없다.

"비록 네놈이 이 몸을 속박하고 있다 한들, 네놈의 근본은 하찮은 미물. 먼지는 먼지. 크기가 조금 커졌다 해서 네놈의 근본을 잊지 말거라. 그 이상은 우리의 영역. 정 궁금하다면 방법이 하나 있지."

나를 훑는 녀석의 눈빛은 찌르는 섬광 같았다.

그 방법이 무엇인지, 굳이 녀석이 말해 주지 않아도 이미 알고 있었다.

합일.

그러면 녀석의 안을 들여다볼 수 있다.

거기까지 생각이 미치자 이가 악물어졌다.

큰 문제에 닥치면 언제고 답이 하나로 귀결되는 현실에 화가 났다. 강해지면 강해질수록 새로운 세상이 나타나고, 그것을 헤쳐 나가는 답은 줄곧 내 옆에 있어왔다.

손만 뻗으면 움켜쥘 수 있지만, 그것은 독이 든 성배.

이미 몇 번이나 그것을 마셔왔다.

"방법이 있다니까."

흑천마검이 악마처럼 속삭이듯 말했다.

귀신 중에 웃는 귀신과 춤추는 귀신은 해로운 귀신이라는 말이 있다. 산 사람에게 해코지할 생각에 너무 신이 나서 웃고 춤을 추기 때문이라는 것이다.

그런데.

씨익.

녀석이 소름 끼치게 웃고 있었다.

차라리 옥제황월이 다시 중원으로 돌아갔으면 하는 바람도 있다. 놈이 넘어가고 내가 여기에 남는다면, 중원의 시간은 흐르기 시작한다.

현 상황에서는 그런 상황은 내게 두 가지 득(得)이 된다.

첫째로 길어야 삼 일 안에 인황은 내상으로 인해 죽게

될 것이고, 둘째로 뜻하지 않은 존재들의 비호가 없어진 옥제황월을 다시 도모할 수도 있을 것이다.

그러나 그렇게 손대지 않고 코 푸는 상황이 일어날 경우는 무척이나 희박하다 할 수 있었다.

만일 놈이 중원으로 돌아온다면, 그것은 나와 흑천마검을 능가할 힘을 갖췄기 때문이 아닐까?

"뭐 하자는 거냐. 애송이."

동굴로 들어가는 내게로 흑천마검이 바짝 따라 붙었다.

"숙제가 너무 많군. 일단 지금 할 수 있는 것부터 해야겠지. 이 세상에 온 본래 목적대로."

"저것들이 건방지게도 경고를 했다. 네놈을 좌시하고 있지만은 않을 텐데? 이럴 땐 선수를 쳐야 한다. 그간 무엇을 배운 거냐."

방한포를 젖히며 동굴 안으로 들어갔다. 그러면서 대꾸했다.

"내가 궁지에 몰릴 때마다 넌 무척이나 즐겁겠지?"

존엄한 존재치고는 그렇게 하나하나 감정이 드러난다는 것이, 참 불가사의한 일이 아닌가? 이젠 우습지도 않았다.

"그런데 이번에는 네놈이 완벽히 틀렸어. 합일(合一)을 하면? 저것들을 해치울 수 있다?"

"이 몸의 힘을 의심하느냐. 애송이."

"백운신검이 옥제황월에게 붙었다. 아마도 합일은 우리만 할 수 있는 게 아니겠지."

백운신검은 흑천마검보다 떨어지고, 옥제황월도 넉 달이 넘게 흐른 그동안 어떤 큰일이 없었다면 나보다는 하수다.

그렇다고는 해도.

"거기다 인과율의 조각? 조율자? 드래곤? 어떻게 불리든. 그것들까지 붙었다. 얼마나 강할지 상상도 되지 않더군."

"이 몸의 위대함을 다시 보여주지."

흑천마검이 얼굴로 히히 웃었다.

"충고 하나 할까? 그 얼굴에 웃음부터 지워. 너무도 빤히 보이잖아. 넌 단지 내 몸을 차지하고 싶은 것뿐이다. 이제 한 번 남았지? 나를 차지하는데. 안달 날만도 하겠군."

"잊은 것이냐?"

"뭘."

"일종의 거래였다고 생각했었는데, 이렇게 되면 이 몸도 네놈 곁에 남아있을 이유가 없지."

녀석의 가늘해진 눈가로 기분 나쁜 기운이 내려앉았다.

녀석이 계속 말했다.

"다신 이 몸을 볼 수 없을 것이다. 네놈이 늙어 죽길 기다렸다가 새로운 그릇을 찾으면 그뿐. 그동안 네놈은 어디로도 가지 못하고 이 세상에서 아귀(餓鬼)처럼 살아야 할 것이다."

흑천마검이 보란 듯이 등을 돌리고 걸어 나가기 시작했다.

나는 그런 녀석의 등 뒤로 박장대소를 터트렸다.

"크하하하! 자살하러 가는 반신(半神)이라! 다신 볼 수 없는 구경이군."

흑천마검이 걸음을 멈췄다.

드드드.

몸은 그대로인데 목만 귀신처럼 기괴하게 돌아갔다.

녀석은 여러 가지 방법으로 나를 놀래킨다. 그런 녀석의 얼굴을 향해 어깨를 으쓱해 보이며 포문을 열었다.

"우리 관계는 참 복잡해. 그렇지?"

흑천마검은 어느새 웃음기 하나 없는 얼굴이 되어 있었다.

"지금껏 네가 무적(無敵)일 줄 알았는데, 지금 와서 보니 꼭 그런 것만도 아니더군. 지금의 넌 백운신검보다도 약해. 주인의 신뢰를 잃어버렸거든."

"주인?"

긴 머리카락 사이로 싸늘하게 굳어버린 눈동자가 나를 꿰뚫어 보듯 쳐다봤다.

"거슬리면 그릇이라고 하지. 중요한 건 명칭 따위가 아니니까."

계속 말했다.

"하지만 백운신검. 그 계집은 원하는 때에 얼마든지 옥제황월과 합일할 수 있을 거다. 그러니 이 세상에서만큼은 마음대로 돌아다닐 생각은 마. 아무리 너라도 합일을 이룬 백운신검을?"

"……."

"살고 싶으면 내 옆에 딱 붙어 있어. 계집에게 잡아먹히기 전에."

*　　　*　　　*

그날의 선택에는 절대 후회가 없다.

비록 옥제황월이 전보다 더 강력한 적으로 부활했을지라도, 다시 살아난 나의 사람들을 생각하자면 얼마든지 감수할 수 있는 일이었다.

백운신검이 옥제황월에게 붙은 것이 그렇게 부정적인

상황만은 또 아니었다. 그로 인해서 흑천마검을 어느 정도 통제하는 것이 가능해졌기 때문이다.

흑천마검이 봉인체였던 검집을 스스로 깨버릴 만큼 강해진 이후로, 언제 녀석이 난데없이 사라져버릴까 항상 마음이 쓰여 왔었다.

백운신검과 함께한 옥제황월보다도 통제할 수 없는 흑천마검 쪽이 더 큰일이다.

— 일어났느냐?

여자를 깨웠을 때, 흑천마검은 검집에 들어간 채로 바닥에 조용히 있었다.

그녀가 가만히 고개를 끄덕였다. 그러면서 그녀는 군용 LED 램프며, 본인이 깔고 앉은 매트리스 등을 천천히 살폈다.

난생처음 보는 기물(奇物)들을 마주한 그녀는 내 품에 안겨 산과 산을 날았을 때와 동일한 반응을 보였다. 그것들에 곧 흥미를 잃고, 상체를 엉거주춤 일으킨 채로 눈만 끔벅거렸다.

그녀 앞으로 몇 가지를 놓았다.

오리털이 들어간 두툼한 점퍼와 기모 안감이 들어간 셔츠와 바지 그리고 플라스틱 바구니에 담긴 빵들.

그녀는 바들바들 떨면서도 빵이 든 플라스틱 바구니부

터 끌어안았다. 누구에게 **뺏길** 새라 **빵**을 허겁지겁 뜯고, 씹지도 않고 삼켜 넘긴다.

그럴 줄 알고 이미 공력으로 그녀의 속을 다스려 놓았기 때문에 그런 그녀를 막지 않았다.

다 먹길 기다렸다가 물었다.

— 맛있었느냐?

그러나 그녀는 어떤 말도 없이 옷을 주섬주섬 벗기 시작했다.

속옷조차 입고 있지 않아서 바로 맨살이 드러났다.

어깨끈을 풀러 치마 형식의 옷을 내리기만 하면 되는 거였다.

거래 단상에 올리기 전에 씻겼던 모양인지 정작 그 안은 깨끗했다. 그러고 보니 퀴퀴한 냄새 전부는 그녀의 낡은 옷에서 나는 거였다.

그녀의 나신(裸身).

기름기 없는 피부가 창백했기에 파르스름한 정맥의 그물이 비쳤고, 도톰한 구석 없이 깡마른 게 전부라서 그 위로 도드라진 골격의 형태 또한 고스란히 드러났다.

뿐만 아니라 가슴이 빈약하고, 허리에서 골반으로 이어지는 선이 명확하지 않게 곧바로 엉덩이로 이어지고 있다.

그녀가 바짝 말린 장작과도 같은 그 몸을 이끌고 내게
달라붙었다.

"가슴? 아래? 발가락? 어디부터 시작할까요. 부디 취
향을 알려주세요. 주인님."

그 음조는 마치 플레이 버튼이 눌린 것처럼 어떤 감정
도 실려 있지 않을 뿐만 아니라, 쇳소리처럼 쩍쩍 갈라져
서 나왔다.

"정말 크세요."

그러는 와중에도 줄곧 그렇게 손님을 맞아 왔던 것인
지, 버릇처럼 내 낭심을 쓰다듬는다.

아무리 발정난 사내라도 지금의 그녀를 상대로 서는 인
물은 없을 것이다.

나는 그녀의 측은한 모습에 쓴 입맛을 느끼다가 몸을
일으켰다.

난로를 틀었으나 공기가 여전히 차갑다.

— 일단 입거라.

우리 사이에 놓인 옷가지를 가리켰다.

그러나 그녀는 엉거주춤하게 주저앉은 자세로, 나를 올
려다만 볼 뿐이었다.

— 입어.

내 눈빛이 살짝 사나워지자 비로소 그녀가 옷으로 팔을

뻗었다.

한복이나 사리(인도 정통 의상)같이 복잡한 의상을 가져
온 게 아니라서, 그녀는 몇 번의 시행착오만 겪고 내가 원
했던 외관이 되었다.

마지막으로 나는 그녀의 점퍼 지퍼를 목 끝까지 올려주
었다.

— 따뜻하느냐?

그녀는 내 낭심을 쓰다듬는 것 대신, 누를 때마다 폭신
하게 들어가는 오리털 점퍼를 눌렀다 떼면서 다시 부풀어
오르는 광경을 바라봤다.

그런 그녀의 얼굴 위로 점점 이채(異彩)가 떠오르고 있
었다.

내 입가로 연한 미소가 그려졌다.

그녀의 정신 상태가 계속 불안했었는데, 꽤 좋은 징조
였다.

이후로 그녀에게 손 하나 대지 않았다.

배가 고파 보이면 빵을 줬다. 추워 보이면 난로를 더 가
까이 옮겨줬다.

그럴수록 그녀는 내게 안기려 했다. 내 낭심을 입에 물
지 못해서 안달이 나는 등 여러 가지 불안 증세를 보였다.

손님을 만족시키지 못하면 어두운 골방에 갇혀 몇 날

며칠을 굶겨져 왔던 것 같다. 그건 굳이 그녀가 말해 주지 않아도 알 수 있는 일이었다.

그때마다 나는 그녀의 몸 안으로 공력을 흘려보냈다. 조금씩이지만 혈색이 돌아오고 있었다.

동이 틀 무렵.

이불 속에서 흐느끼는 소리가 들렸다.

울도록 내버려뒀다.

적지 않은 시간이 흐른 후 그녀가 이불 밖으로 나왔다. 두 눈이 시뻘겋게 충혈되고, 그 주위는 통통 부어있었다.

"제, 제발 지금 죽여주세요."

배가 부르고 몸이 따뜻해진데다가, 내 공력이 그녀의 사고(思考)를 원활하게 만든 것 같았다.

사고가 원활해지면 보이지 않던 주변 상황이 보이기 마련이고, 그러면 짓눌렸던 감정이 슬며시 고개를 들게 된다지만…….

그녀는 나를 따라올 때까지만 해도 삶에 어떤 의욕도 없는 상태였다.

육식은 피폐할 대로 피폐해져 있었다. 정신은 지난 삶의 고통으로 강박 증세를 모일 만큼 파괴되어 있었다.

그랬던 그녀를 깨운 것은 나의 지극한 정성이 아니라 뒤늦게 찾아온 공포였던 것 같다.

"제…… 제 더러운 아랫도리가 필요한 게 아니시……
잖아요."

그녀는 이제 와서야 잔뜩 겁에 질린 모습을 보였다.

오들오들 떨고 있는 어깨까지 볼 것 없이, 초점을 한군
데 두지 못하고 몹시 흔들거리는 저 잿빛 눈동자만 봐도
알 수 있는 사실이었다.

— 이름이 무엇이냐?

"이, 이름은……. 엘…… 엘라예요."

"엘라."

내 입에서 그녀의 이름이 흘러나오자, 그녀는 그것이
저주의 일종처럼 느껴졌던지 눈을 질끈 감았다.

"예. 주…… 주인님."

— 지금 당장은 전부 낯설고 무서울 것이다. 하지만 내
가 나쁜 마음으로 데려온 게 아니라는 것을 차차 알게 될
것이다. 그럼 너도 지금보다는 더 나아지겠지.

"저…… 절 해치지 않으신다고요?

— 그래.

믿지 않는 눈치였다. 여전히 겁에 질려서 내 움직임에
하나하나 반응했다.

살짝만 움직여도 그녀의 동공이 크게 확장되는데, 해골
같은 인상인 데다가 머리카락까지 너저분하게 흘러내려와

있었다.

안쓰럽게도 정작 그녀부터가 귀신의 몰골에 가까웠다.

— 해치지 않을 테니 편히 쉬거라.

그녀는 하루 종일 잠만 잤다. 아니, 자는 시늉만 했다.

옆에서 조금이라도 부스럭거리는 소리가 나면 감고 있던 눈에 더 힘을 줬다. 눈을 뜨면 큰일이 일어나고 마는 것처럼 말이다.

정오를 한참 넘긴 시각. 밖에선 눈보라가 몰아치고 있었다.

"엘라."

엘라가 전기침에 찔린 사람 같이 눈을 번쩍 뜨며 동시에 상체를 일으켰다. 꽤 시간이 흘러 배가 출출해지던 때였다.

요리랄 것도 없이 식기구에 빵을 담아오면 되는 것이었는데, 나는 엘라에게 그 일을 시켰다.

스스로를 '도살장에 끌려온 돼지' 혹은 '연쇄살인마에게 감금된 매춘부' 쯤으로 인식하는 상황에서 그녀에게도 할 일이 필요했다.

— 당분간 우리는 이 동굴에서 지낼 것이다.

엘라는 직전과는 달리 내 눈치를 살피며 조심스럽게 빵을 물었다.

― 식량과 식수는 부족하지 않게 항상 그 자리에 채워져 있을 것이다. 그러니 너는 때가 되면 내가 시키지 않아도 식사를 준비해 놓고, 주변도 언제고 정갈하게 정리해 놓거라. 여기를 집이라 생각하고.

"그것으로 만족…… 하시나요?"

― 그리고 하루에 삼 회씩, 우리는 성교(性交)를 하게 될 것이다.

아!

줄곧 불안에 떨고 있던 엘라였다. 그 순간 처음으로 엘라의 얼굴이 환해졌다.

나와 눈이 부딪친 엘라는 곧장 시선을 내리깔았지만, 분명히 그녀는 기뻐하고 있었다.

'원치 않는다면 거부해도 좋다. 거부한다고 해서 너를 해치지 않을거니와, 원한다면 인근의 마을에도 데려다 주지.', 따위의 말은 하지 않았다.

이쪽에서는 진심이라 해도, 그녀로서는 협박으로 받아들일 수밖에 없는 상황이니까.

"주인님이 만족하실 수 있도록……. 최선을 다해 봉사하겠습니다."

봉사라.

거기에 대해 대꾸하려다가 그만두었다. 어차피 그녀도

한 번 동침하고 나면, 우리가 나눈 것이 성(性)을 수단으로 삼았을 뿐 위대한 수련이라는 것을 알게 될 일이었다.

소화할 시간을 가진 이후에 신발을 벗고 매트리스에 올라갔다.

엘라는 무엇을 해야 하는지 알았다. 하지만 그녀의 생각대로 지퍼를 조작할 수 없어서 무척이나 당황해 하는 것이었다.

나는 엘라 앞에 앉아 지퍼 고리를 쥐었다. 그리고 내렸다.

메스에 개복(開腹)되는 것처럼 그 안이 천천히 벌려졌다. 기모 안감이 입혀진 두터운 셔츠가 유난히 더 헐렁거렸다. 엘라가 엉성한 모습으로 셔츠와 바지를 힘겹게 벗고는 무릎을 꿇었다.

나는 아직 아무것도 벗지 않았는데, 벌써부터 그녀의 손이 낭심을 향해 허벅지부터 미끄러지듯 올라오고 있었다.

— 이번에는 누워만 있거라.

엘라는 시키는 대로 반듯하게 누웠다. 이슬람 제국의 여성들과는 달리, 한 번도 다듬지 않았을 체모(體毛)가 눈에 띄었다.

나는 옷을 벗고 엘라의 옆에 비스듬히 누웠다. 엘라는 눈을 감은 채 은연히 떨고 있었다. 성적으로 긴장해서가 아니다.

갑자기 내가 목을 물어뜯을까, 아니면 목을 조를까 하는 두려움 속에서 침만 꿀꺽꿀꺽 넘기고 있었다.

— 날 무서워하지 말거라. 가만히 내 손길을 느껴 보거라.

엘라의 가슴 위로 손을 얹었다. 큰 키에 비해 곡선을 이루지 못한 얄팍한 가슴. 손에 걸리는 유두(乳頭)만이 그 부위가 가슴임을 말해 주는 격이다.

나는 그녀의 가슴을 부드럽게 쓰다듬었다.

손바닥과 손가락 사이마다 유두가 걸렸다.

그래도 그녀의 입에서는 신음 소리 한 번 나오지 않았다. 최선을 다해 만족시키겠다는 의지는 온데간데없고 입술만 질끈 깨물고 있는 것이었다.

나는 씁쓸한 미소와 함께 손바닥으로 살짝 공력을 끌어올렸다.

손길이 따뜻해졌을 거다. 그렇게 그녀를 안심시켜주는 것이 시작으로, 그녀의 입에서 쌕쌕거리는 숨소리가 조금씩 흘러나왔다.

튀어나온 갈비뼈를 지나쳐 허리로 매끄럽게 내려가던

순간.

"아⋯⋯."

비로소 현악기의 소리를 연상시키는 신음소리가 짧게 울렸다.

그녀가 내 쪽으로 살짝 기울어져 왔다.

아직 아니다.

그녀의 어깨를 지그시 눌러 다시 반듯하게 만들었다.

온기를 담은 내 손이 체모(體毛)와 그 아래쪽을 유영(遊泳)한 지 그렇게 오래되지 않아서. 그녀가 몸을 비틀어대는 빈도가 잦아졌다.

이윽고.

"주인님⋯⋯."

그녀가 온몸을 부르르 떨면서 나를 부른다. 그녀는 수련할 준비가 되었다.

— 곧 몸 안의 여섯 개 관문(關門)이 느껴질 것이다. 그때부터 지켜야 할 법이 있다. 쾌락에 사무쳐 너를 놓치지 말고, 지금부터 내가 하는 말을 꼭 기억해야 할 것이다.

"아흑!"

제3장

인과율의 조각

수련을 시작한 다음부터 엘라는 점점 여자가 되어 갔다.

눈에 띄게 살이 올랐다. 당장 보이는 부분만 해도 볼이 쏙 들어가 해골을 연상시켰던 얼굴이 이제 제법 '마른 여자'쯤 되었다.

거죽만 달라붙어 있었던 목과 언저리 쇄골 부근까지 살점이 어느 정도 들어차면서부터, 긴 목에 매끈한 선을 띄게 되었다.

그런 육체적인 변화뿐만 아니라 하는 행동도 그러했다.

그녀는 혼자만의 생각에 잠겨 희미한 미소를 띠는 시간

이 많아졌다. 그러다가 어쩐지 끈적끈적한 시선으로 나를 훔쳐보는데, 내가 돌아보면 화들짝 놀라며 고개를 푹 숙인다. 그러면 절인 홍당무처럼 빨개졌다.

*   *   *

　이날도 동굴 안에선 엘라의 교성(嬌聲)이 메아리치고.

　몸 안으로는 팔만팔천 개의 할라 전부가 정교하게 맞춰진 톱니바퀴처럼 서로 맞물려서 돌아가며, 큰 축을 이룬 여섯 개의 관문에서는 들어온 원기를 재분출하는 속도와 힘이 크게 증가하고 있는 중이었다.

　"······!"

　그러던 갑자기 뭔가가 느껴졌다. 떼어놓기 무섭게 엘라는 내게 달라붙으려 했지만 이러고 있을 시간이 없었다.

　어느새 인간형으로 변한 흑천마검이 찌푸린 얼굴로 나를 바라보고 있었는데, 녀석이 손가락으로 천장을 가리킨다.

　정확히는 천장 밖, 저 하늘 위!

　나는 나신(裸身)인 그대로 몸을 날렸다.

　동굴 밖에 나오자마자 얼굴이 와락 구겨졌다. 기현상이 일어나고 있는 천공(天空)이 시선 안으로 가득 들어왔다.

"하늘이 열리고 있어."

그 기현상의 정체는 누구보다도 잘 안다고 자부할 수 있었다. 흑천마검과 함께 공간을 가를 때, 딱 저랬으니까.

하지만 그간 우리가 갈라왔던 공간의 틈은 한 사람이 들어갈 정도의 크기에 불과했으나, 저 하늘 위는 아니었다. 산 하나를 그대로 삼킬 수 있을 만큼 거대하게 벌어지고 있었다.

마치 세상의 종말이 펼쳐지고 있는 것처럼 온 하늘이 갈라진다.

"흑천마검!"

흑천마검은 여전히 찌푸린 얼굴로 하늘이 벌어지는 광경을 바라보고 있었다.

"저건 누가 연 거지?"

"누구겠어."

"어디로 통하는 거냐?"

벌려지고 있는 하늘 안으로 보이는 것이라고는 아무것도 없다.

오로지 칠흑 같은 어둠뿐.

"어디겠어."

그때 뭔가가 포착됐다.

길쭉하게 찢어진 저쪽 공간에서 아주 빠른 속도로 나타

났다가 사라졌다. 찰나였지만 분명히 보았다. 그것은 바윗덩어리였다.

움푹움푹 패이고 귀퉁이가 깎인 거대한 바윗덩어리!

거기에서 나는 칠흑 같은 어둠으로만 가득 찬 저쪽 공간의 정체를 깨닫고야 말았다.

"무슨 일이 일어나고 있는 거냐? 왜 우주 공간이 저기에?"

갈라진 하늘 안으로 그것이 보였다가 저쪽 시야 밖으로 사라졌다. 날아가는 궤도가 이쪽을 향한 것이 아니었기 때문이었다.

그것도 잠깐, 일점(一點)에 불과한 작은 크기의 군집들이 이쪽을 향해 날아오기 시작했다.

흑천마검이 대답 대신 웃음기 하나 없는 차가운 얼굴로 나를 바라봤다. 그리고는 단 한마디만 뇌까렸다.

"도망쳐라. 이 세상에서."

흑천마검을 회수해서 현실 세상으로 넘어가려고 했다.

그러나 떠오르는 얼굴이 있었다.

곧바로 몸을 틀었다.

갑자기 바람을 일으키며 나타난 나를 보고 엘라가 짧은 비명을 질렀다.

그녀를 품에 안자마자 동굴 밖으로 빠져나왔다. 그때

일점에 불과하게 보였던 군집이 공간의 틈과 부쩍 가까워
져, 각 객체의 크기가 거대한 바윗덩어리로 변해 있었다.

해안의 모래알맹이 수를 세는 것만큼이나, 헤아릴 수
없을 만큼 많은 수의 우주 먼지들이 공간의 틈에서 날아
오고 있었다.

온몸의 신경이 솜털까지 쭈빗 세우며 위험을 경고하고
해왔다.

"하……. 하늘이……."

엘라가 품 안에서 중얼거렸다.

그때 그녀의 눈동자 안에는 비로소 우주 공간에서 찢어
진 틈을 넘어, 이쪽 세상의 하늘 밖으로 본 모습을 드러내
고 있는 유성체들이 촘촘하게 박혀 들어가고 있었다.

— 쓸모없는 양심이 또 고개를 들었군! 당장 그년을 버
려! 다시 멍청이로 돌아갈 생각이냐? 상황을 직시해라.
네놈의 능력으로는 무엇도 못해. 살 길은 이 세상에서 도
망치는 것밖에 없다!

흑천마검의 목소리가 따갑게 울려댔다.

부정할 수 없는 사실.

유성체들은 어디에서든지 우박처럼 떨어지고 있는 중이
었다.

그것도 우주 공간을 날아다니던 극한(極限)의 속도로!

나는 거의 본능적으로 공력을 끌어 올렸다. 오감을 증폭, 느릿해진 세상에 돌입했다.

제일 먼저 떨어진 유성체 무리가 먼 설산의 중턱을 비스듬히 때렸다. 산은 그야말로 짓밟힌 토마토처럼 콱하고 터졌다.

그때부터였다. 유성체 무리들이 내 인근에 떨어졌다. 온몸이 위아래로 울렁거릴 만큼 지면이 흔들렸고, 그보다 먼저 수류탄 파편처럼 변해버린 자갈들과 흙더미가 사방에서 날아들었다.

십이양공 십일성 공력 전부를 개방했다. 호신강기로 기막(氣膜)이 막 펼쳐졌을 때 어떤 강력한 폭발력에 의해서 어디론가로 튕겨져 날아갔다.

어떤 생각도 들지 않았다. 무작정 버텨서 우리 둘 모두 살아남아야 한다는 생존의지만이 온몸을 찌릿하게 만들었다.

모든 게 밑에서 위로 치솟아 대는 가운데, 나는 계속해서 이리저리 튕겨댔다. 그러던 그때 기막을 직격으로 때리는 유성체가 있다.

콰아아앙!

"크윽."

부딪치자마자 온몸이 뒤틀리는 기분이 들었다. 지금껏

내가 겪어봤던 어떤 힘보다도 강력한 힘이 거기에 실려 있었다.

세상이 뒤집어 보인채로, 어디론가로 날아갔다. 잠깐 멈췄다 싶었는데 옆에서 터지는 충격에 또 솟구쳐 튀어올랐다. 그러다 또 다시 직격에 맞은 것이 분명하게도, 굉장한 충격과 함께 아래로 추락했다가 땅에 부딪쳐서 붕 떠올랐다.

언제쯤 이 폭격이 멎을까, 시야가 가물거렸다. 그래도 하나 다행인건 아직 엘라의 원기(元氣)가 꺼지지 않았다는 것이다.

― 온다!

흑천마검의 목소리에 두 눈이 번쩍 떠졌다.

유성체들은 아직도 갈라진 하늘 안에서 비스듬히 떨어져 내리고 있었다.

다른 유성체들에 비해 유난히 큰 바윗덩어리가, 그 거대한 뒷면으로 내 시야를 차단했다.

― 그년을 버리라고!

세상이 캄캄해졌다. 그리고 그것이 내 기막에 충돌했다.

"푸악!"

입에 담겨 있던 핏물이 뿜어져 나왔다. 내부가 완전히 비틀리는 것을 넘어서, 안구마저 튀어 나오는 것이 아닌가 싶었다.

나는 어디론가로 날려졌다. 지금껏 줄곧 그랬던 것처럼 이리저리 튕겨져 대다가, 척추가 끊기는 고통과 함께 더 이상 움직여지지 않았다.

어느덧 세상은 조용해져 있었다. 아득히 먼 곳에서 쿵쿵 울리던 것도 완전히 사그라들었다.

가늘하게 떠진 시야 사이로 온통 뻘건 것들만 일렁거렸다. 바로 직전까지만 해도 온통 새하얗기만 했던 설원(雪原)이 지옥의 어디 한구석처럼 활활 불타오르고 있었다.

나는 완전히 뻗어버렸다. 끈 풀린 인형처럼 축 늘어졌다. 팔이 스르르 미끄러져 내려갔고, 엘라도 내 배 위에서 미끄러져 움직이지 않았다.

끔뻑. 끔뻑.

눈만 움직였다. 파도처럼 일렁거리는 화염들만 눈에 담겼다.

숨을 쉴 때마다 뜨거운 열기가 함께 들어왔다. 숨쉬기가 점점 어지러워지고, 불길은 악마의 손짓처럼 점점 내 쪽으로 번졌다.

지옥의 광경이 이러할 것이다.

모든 것이 파괴된 자리 위에 존재하는 것이라고는 뻘건 혓바닥뿐.

그때였다.

온 불길이 발톱에 갈리면서 어둠이 내려오고, 그 위에 거대한 눈동자가 두 개가 번뜩였다.

— 반신의 그릇이여. 타계의 인간이여.

직접적인 음성도 아닌 의념에 불과한 데, 세상이 울리는 것처럼 온 불길이 흔들거렸다.

"크…… 크큭."

어쩐지 새어 나오는 웃음에 목구멍에 고인 핏물 또한 그 안에서 그르륵거렸다.

— 경고는 이미 하였다. 이제 경고를 무시한 대가를 치를 때다. 우리 다섯 조율자는 그대에게 죽음을 내린다. 죽어라. 인간이여.

기어이 나를 짓뭉겨 죽이고야 말겠다는 것인가. 하늘을 가린 발톱이 서서히 내려오기 시작했다. 그러나 몸이 조금도 움직이지 않는다. 움직일 수 있는 거라곤 손가락 몇 개뿐.

그때.

쉐아아아아악.

— 싫은 일이군.

흑천마검의 검은 머리카락이 눈앞을 스쳤다.

녀석이 이번만큼은 웃지 않는 얼굴로 나를 내려다봤다.

— 이 몸의 말을 귀담아듣지 않는 네놈을. 살려야 하는 게 말이지.

＊　　　＊　　　＊

하늘을 가린 검은 그림자가 빠른 속도로 내려오고 있었다. 그러나 나는 그것이 두렵지 않았다. 그것보다 더 절망적인 선택이 내 앞에서 날 유혹하고 있기 때문이었다.

"잡아라. 애송이."

눈앞에서 살랑거리고 있는 녀석의 하얀 손.

저 손만 잡으면 나를 이렇게 만든 것을 응징할 수 있지만…….

대신 나는 무간나락(無間奈落)으로 떨어져, 이 생명이 다하는 날까지 흑천마검의 육(肉) 노예로 전락하고 말 것이다.

"크크……. 웃, 웃기지…… 마……라…….."

울컥울컥 치밀어 오르는 핏물 때문에 말을 끝마치지 못하고 의념으로 대신했다.

— 살고 싶다면 날 살려라. 내가 여기서 죽으면, 너 또

한 계집의 먹이가 될 거다.

흑천마검의 얼굴이 일그러졌다.

반면에 행동은 무척이나 빨랐다.

녀석이 내게 뻗고 있던 손을 들어 하늘을 향해 방향을 돌렸다.

거기로 드래곤의 발이 내리깔렸다.

그 크기가, 그것의 밑으로 드리워진 그림자가 온 세상을 가릴 만큼 이로 말할 수 없이 거대했다.

그래서 그것이 내려왔을 때에는 마치 어느 널찍한 동굴 속에 위치해 있는 듯한 착각마저 들었다.

"꺼져버려."

흑천마검이 내게 뇌까렸다.

녀석은 땅을 받치고 있다는 인도 전설 속의 코끼리처럼 한 손으로는 드래곤의 발을 받치면서, 다른 손으로는 휙휙 저어 보였다.

그러나 나는 혼자서 몸을 일으킬 수가 없었다. 마지막 힘을 짜내 엘라를 깨웠다.

― 날 부축해라. 엘라.

당연하겠지만 그녀는 눈앞에 벌어진 신화(神話)적인 상황에 정신을 차리지 못했다.

그녀는 바로 얼마 전까지만 해도 병든 창부(娼婦)에 불과했었다.

— 내가 널 살렸다. 이번에는 네가 날 여기서 데리고 나가야 할 것이다. 엘라. 정신 차리고 날 부축해라.

비로소 엘라의 시선이 바로 우리 머리맡에 떠 있는 거대한 발바닥에서 내게로 돌아왔다. 그녀는 내 겨드랑이 사이로 얼굴을 들이밀고 상체를 고쳐 세웠다.

끄응, 하고 온 힘을 다하는 그녀의 가냘픈 소리가 바로 옆에서 흘러나왔다.

그녀의 부축을 받으며 막 몸을 일으켰을 때쯤, 우리 머리에 거진 닿아 있었던 무너진 하늘이 조금씩 밀려 올라가며 천천히 벌어지기 시작했다.

— 움직여라. 엘라.

땅 위가 달 표면처럼 크고 작은 구덩이들로 가득했다.

우리는 그 위를 힘겹게 걸었다.

아래쪽이나 위쪽으로 휘어지는 구덩이 경사면을 걸을 때면 특히 그랬다. 거기서 우리는 서로 뒤엉켜진 채 몇 번이나 굴러야만 했다.

엘라 또한 바이러스에 좀 먹어 들어가는 것처럼 상처가 하나둘씩 늘어났다.

그러다 어느 순간부터 절뚝거렸다.

눈에 띄게 발목이 붓고 발 전체도 상처투성이지만 우리

는 멈출 수가 없었다.

어느덧 완전히 열려 버린 하늘 위.

그 창공(蒼空)으로 드래곤이 떴다.

금빛을 부산히 뿌리며 거대하니 날갯짓을 하고, 흑천마 검은 아주 조그맣게 보이지만 드래곤 이상 가는 존재감으로 그 앞에 마주하며 부유(浮游)하고 있었다.

둘 사이에서 오색(五色) 영롱한 기운들이 제멋대로 휘감아 돈다. 아름다워 보일지언정, 거기에 깃든 강력한 기운들에 나는 몸서리가 쳐졌다.

아니나 다를까.

그것들이 금빛과 묵빛으로 갈라지기 무섭게, 일순간 격돌했다.

우우우우우우우웅.

그러자 하늘이 무너지는 듯한 엄청난 굉음이 사방으로 울러 펴졌다.

지면도 마치 파도처럼 위아래로 일렁거렸다. 우리는 다시 그 위에 나자빠질 수밖에 없었다.

엘라는 좀처럼 일어나질 못하다가, 지면의 움직임이 멎었을 때 겨우 내게로 기어왔다.

그녀가 나를 부축하기 위해 다시 겨드랑이 사이로 얼굴을 집어넣었을 때였다.

"병사들이…… 병사들이 오고 있어요."

엘라가 나를 바로 일으켜 세우지 않고 앞을 바라보며 말했다.

이제 살았어.

마치 그런 투였다.

그녀의 말대로 천 단위의 군단이 이쪽으로 향하고 있는 모습이 전방에서 보였다.

희망에 찬 얼굴을 보이고 있는 그녀와는 달리, 나는 이가 악물렸다.

그들은 엘라가 기대한 그런 것들이 아니었다. 멀리서는 어느 정규군 같이 보이겠지만, 조금 뒤면 엘라도 볼 수 있을 것이다.

살점이 조금도 붙어 있지 않은 백골(白骨) 군단을!

역시나 그것들이 가까워지면서 엘라의 얼굴에 머물러 있던 빛이 사라졌다. 사색이 된 그녀가 내게 바짝 안겨 왔다.

그러면서 내 얼굴에 가슴을 묻고, 귀를 기울여야만 들을 수 있는 목소리로 흐느끼듯 말했다.

"……죽고 싶지 않아요."

답이 떠오르지 않았다.

그것들은 인간이 죽어 남긴 것이라고 하기에는 하나같

이 그 키가 2m를 넘었고, 골격 또한 해부학적으로 우리네 인간의 것이라고 할 수 없는 기형적인 부분 여러 곳이 눈에 띄었다.

또한 진짜 황금으로 된 것이 아닐까 싶은 투구와 중갑으로 무장하고 이슬람 제국에서 쓰던 월도(月刀)와 비슷한 검을 들고 있었다.

그러나 이 기괴한 것들이 위협적인 이유는 그것들이 들고 있는 검이나 무장 따위도, 땅에 묻혀 있어야 할 백골이 멀쩡히 살아서 돌아다니고 있어서가 아니다.

골격 전반에 걸쳐 절정 고수 이상의 기운들이 흐르고 있다.

그런 것들이 거진 일천이 모여 군집을 이루며 다가온다.

혈마군과 맞닥뜨렸던 사람들의 기분이 지금 내가 느끼고 있는 이 감정과 별반 다르지 않으리라!

그때 갑자기.

좀비 떼가 공동묘지에서 부활하는 것 같은 광경이 펼쳐졌다.

새하얀 손들이 땅 아래에서 불쑥 튀어나오더니, 백골들의 발목을 붙잡았다. 기다란 손톱들이 서로 맞부딪치며 끼익끼익거리는 소리를 내는 가운데, 백골들이 바둥거려

됐다.

한편 백골들을 잡지 못한 손들은 그네들의 먹잇감을 찾기 위해 허우적거리며 공포스런 장면을 연출했다.

드래곤이 저 백골 군단을 보낸 것이 분명한 것처럼, 흑천마검 또한 내 퇴로를 살피고 있었다.

틀림없이 그건 흑천마검 녀석의 손이었으니까.

*　　*　　*

— 목숨도 질기군. 그냥 콱 죽어버리지.

정신이 들자마자 녀석의 목소리가 머릿속으로 울렸다. 온몸의 장기가 뒤틀리는 통증과 함께, 나를 빤히 바라보고 있는 녀석의 두 눈과 바로 마주쳤다.

— 내려와.

귀신 흉내 내기를 작정한 것일까.

— 곤란해질 텐데?

녀석은 내 배를 깔고 앉은 채 나를 가만히 내려다보고 있었다.

그런데 녀석의 얼굴로 난 많은 생채기들이 보였다. 눈빛 또한 평소처럼 섬뜩한 기운이 깃들어 있지 않고, 어딘가 많이 피곤해 보였다.

— 다쳤군. 너.

— 네놈을 만난 이후로 모든 게 엉망이 돼가는군. 그런 것에 이 몸이……

녀석의 시체 같은 얼굴 위로 자조(自嘲)의 빛이 떠올랐다.

— 우선 내려와.

— 생명의 은인에겐, '이렇게 살려주시니 그 은혜 백골난망(白骨難忘)입니다.', 절부터 해야 하는 거다. 애송이.

벽난로가 피워진 어느 작은 민가 안이었다.

순간 여기까지 온 길이 생각나지 않았지만, 가물가물했던 그때의 기억들이 아련한 꿈을 꿨던 것처럼 차차 돌아왔다.

엘라와 나는 촌락 앞에 이르러서야 쓰러졌었고, 촌락민들은 그네들의 촌락 앞에 쓰러진 나신(裸身)의 남녀를 한 과부에게 맡겼었다.

그래. 그랬었다.

자그마한 벽난로에서 타닥타닥, 장작 타들어 가는 소리가 유난히 크게 들릴 만큼 집 안이 무척이나 조용했다. 집 안엔 엘라와 나만 있고 집주인인 과부와 그녀의 아들은 어디로 가고 없었다.

— 그것은? 죽였나?

— 묻지 마.

흑천마검이 눈빛을 번뜩였다가, 휙 하니 내 배 위에서
뛰어내렸다.

엘라가 다른 침대에서 숙면 중인 것을 확인한 후 몸 상
태를 살폈다. 이슬람제국에서 무트타르와 대결을 벌였던
때에 견줄 만큼 아주 최악이었다.

꼼짝없이 이 주 정도는 치료에만 전념해야 할 것 같았
다.

— 그것이 다시 돌아올 확률은?

— 두 번 말하게 하지 마라. 애송이. 아무것도 묻지 마.

흑천마검이 날 노려보는데, 거기에서 나는 위협을 느껴
야 하는 게 맞았다.

그러나 나는 흑천마검의 그 눈빛에서 어떤 것도 느낄
수 없었다. 그만큼 녀석의 상태 또한 좋지 않다는 것을 반
증하는 일이었다.

— 고맙다.

녀석으로써도 어쩔 수 없는 선택이었을 테지만.

— 이 빚은 나중에 받아낼 것이다. 애송이. 잊지 말거
라.

흑천마검이 그 말을 끝내면서 다시 내 배 위로 뛰어올
랐다.

무슨 짓이냐고 하려 할 때, 바깥쪽 문이 열리며 차가운 공기가 쑤욱 밀려 들어왔다.

과부와 과부의 아들이 대화를 나누며 이쪽으로 걸어왔다.

"조금 더 깊이 들어가면 될 거예요. 거기엔 아직 벨만 한 것들이 남아 있대요."

"그래도 장벽 쪽으로는 생각도 말아라. 알잖니?"

"그쪽에서 온 게 정말 맞을까요?"

"보면 알잖니. 겨우겨우 살아남았잖니."

"그래도 거기에 갔다 온 사람들은 다 그래요. 누구도 그런 건 본 적도 없대요. '뮬'의 분노가 있지 않고서야, 있을 수 없는 일이라고. 엄청나대요."

"가면 안 된다. 약속하렴."

"어머니 두고 어디 안 가요. 걱정 마세요."

두 목소리가 방 안으로 들어왔다. 나는 눈을 뜨고 있던 눈을 감았다.

그래도 그 둘이 무엇을 하는지는 소리만으로도 알 수 있었다. 아들은 벽난로 인근에 장작을 옮기고 난롯불을 살펴보고, 과부는 엘라 앞에 앉아 그녀의 상처를 살피기 시작했다.

"마루스인은 처음 봐요. 정말이잖아요. 머리카락이 검

고 생긴 것도 정말 다르지 않아요? 그나저나 마루스는 정말 따뜻한 곳이라던데, 여긴 왜 온 걸까요?"

"들을라."

"어차피 우리하고 말이 틀려요. 말이. 저 여자는 통역 때문에 데리고 다녔을 거예요."

"뭐가 그리 신 났니. 많이 아픈 사람들이야. 불은 그쯤이면 됐다."

"마루스인을 직접 본 건 어머니도 처음이잖아요."

"말이 달라도 사람 느낌이라는 게 있다. 무례하게 굴면 안 돼. 촌장님도 그러셨잖니."

"목걸이 하나 때문에 그러는 것도 좀 그렇죠. 귀하신 분이 옷은 다 어쩌고. 곁에 있던 사람이라곤 저 여자가 전부인 것도 그렇고."

"다시 말하는데. 저 목걸이는 절대 만지지 말아야 한다."

"케인 녀석, 일어났대요."

"어떻다니?"

"일어나서도 한참은 정신 나가 있었대요. 그래도 이제 좀 걸어 다닐 만한가 봐요."

"그거 다행이구나. 잘못되기라도 했었다면 아네타 부인은 어떻게 살라고."

"녀석 손버릇 잘 알잖아요. 잘 됐어요. 이번에 느낀 바가 있겠죠. 어머니도 저 목걸이 근처엔 얼씬도 마세요. 망령이 자기를 죽이려 했다더냐?"

그쯤에서 계속 언급되는 목걸이의 정체가 무엇인지 파악됐다.

— 정말 죽이려고 했었나?

내가 묻자.

— 겁만 준 것뿐이다.

흑천마검이 쌀쌀하게 대답했다.

다른 사람들 눈에는 검은색 목걸이를 차고 있는 것처럼 보이겠지만, 정작 내게는 녀석이 나를 덮치는 꼴처럼 보여 이 상황이 무척이나 거북스러웠다.

*　　*　　*

며칠이 지난 어느 날.

흑천마검을 떼어 놓고선 조심스럽게 침대에서 내려섰다.

욱신거리는 통증에 얼굴이 구겨졌다.

그때, 밖에서 돌아온 엘라가 빨래 바구니를 내려놓고선 내게 허둥지둥 뛰어왔다. 그리고는 나를 부축하려고 했다.

나는 그런 엘라에게 고개를 저어 보인 후 다시 누웠다. 아직은 운신(運身)할 정도가 아니었으나 그래도 생각했던 것보다 많이 나아져서 마음이 놓였다.

— 엘라.

엘라는 병상에서 일어난 날부터 나를 간병해 왔다. 뿐만 아니라 과부와 그녀의 아들이 생업전선에 나가 있는 동안, 스스로 빈 집안일을 도맡아 함과 동시에 과부가 던져주는 빨랫감들을 처리해 오고 있었다.

여러 가정에서 거둬온 것들이었기에 그 양이 상당했지만, 없는 살림에 낯선 외지인이 눌러앉은 것이 미안하던 터였다.

기특하게도 엘라는 내 몫까지 열심히였다. 불과 며칠 전까지만 해도 삶의 의욕이 조금도 남아있지 않던 사람이라고는 볼 수 없을 만큼, 사람이 능동적으로 변해가고 있었다.

"사람들이 올 거예요."

말수도 제법 는 엘라였다.

그렇다 해도 꼭 필요한 말만 하곤 했는데, 지금이 그 경우였다.

난 그들이 마을로 들어오기 훨씬 이전부터 엘라가 말했

던 사람들의 기운을 느끼고 있었다.

꽤 높은 기운을 품은 고수(高手) 세 명과 그들을 따르는 사람들로 이루어진 무리.

고수 삼인을 제외한 나머지들 또한 몸에 품고 있는 기운이 상당했다. 아마도 이 세상의 무력 집단일 것이고, 그렇다면 기사단쯤 되지 않는가 싶다.

"촌장님이 주인님을 발고 했어요."

그것이 엘라가 허겁지겁 뛰어들어 왔을 때부터 두려움에 떨고 있던 이유였다.

— 무서워할 것 없다. 인간들은…….

엘라가 침을 꿀꺽 삼켜 넘겼다.

그녀는 차가운 공기가 쑥 들어온 방향 쪽으로 고개를 틀었다. 나도 상체만 일으켜서 방문 쪽을 주시했다.

촌장이 분명한 늙은 노인과 과부가 먼저 그쪽에서 나왔다. 둘은 내가 일어나 있는 것을 보고 눈을 크게 떴다.

"언, 언제 일어나셨니?"

과부가 당황하면서 엘라에게 말을 던졌다. 그러나 과부는 엘라의 대답을 들을 사이도 없이, 곧 들어온 세 사람을 향해 허리를 깊게 숙여야만 했다.

절정 고수급의 기운을 품은 세 사람이 차례대로 들어왔다.

두 장년인은 가죽 레더 위에 두툼하고 부드러워 보이는 하얀색 모피 외투를 걸치고 있었고, 나머지 노인 하나는 이쪽 세상의 혹독한 추위에서는 찾아볼 수 없는 가벼운 로브만을 입은 상태였다.

장년인 둘이 나를 바라보다가 서로 눈빛을 교환하고, 백발이 성성한 노인은 과부와 촌장 사이로 걸어 나와 내 앞까지 이르렀다.

말라 오그라든 가죽 같은 얼굴. 눈자위 아래로는 거뭇한 검버섯이 얼룩처럼 피어 있다.

잔인함이 느껴지는 눈을 가진 노인이 나를 바라보다 입을 열었다.

"너희들은 나가 있거라."

과부와 촌장에게 하는 소리였다. 과부와 촌장은 염라대왕 앞에 선 속세의 죄인처럼 그 목소리에 흠칫 반응했다.

둘이 나가는 동안, 노인은 벽난로 근처에 위치한 흑천마검을 발견했다.

내게는 여전히 마검으로 보이지만 다른 사람에게는 목걸이로 보이는 모양이다. 노인이 흑천마검에게 걸어가자, 같이 들어왔던 장년인 중 한 명이 노인의 등에 대고 말했다.

"촌장이 말했던 그 목걸이 같습니다."

꺼칠게 일어난 그의 턱수염처럼 남자다운 목소리가 묵직하게 퍼졌다.

노인은 고개를 끄덕였다. 그러면서도 흑천마검 쪽으로 손바닥을 펼쳤다. 노인의 손에서 푸르스름한 기운들이 흘러나와 흑천마검 쪽으로 길게 이어졌다.

그 기운들이 흑천마검과 닿던 바로 그때.

"컥!"

노인이 외마디 비명과 함께 뒤로 튕겨져 버렸다.

쉐앗!

벽에 부딪히려던 노인을 턱수염 장년인이 재빠르게 낚아챘다. 그러나 노인은 장년인의 품에서 시든 콩나물처럼 축 늘어져버려 어떤 미동도 없었다.

노인은 두 장년인에게 꽤나 중요한 인물이었던 것 같다. 아주 잠깐에 불과했던 순간이었지만, 그사이에 두 장년인 모두 얼굴이 새파랗게 질렸다.

두 장년인의 얼굴이 세상 무너진 것처럼 심각해졌다가, 노인이 죽은 게 아니라 단지 혼절한 것뿐이라는 걸 알아차리고는 긴 한숨을 내쉬었다.

한편 엘라는 갑작스러운 일에 깜짝 놀라 내 품 안으로 안겨 들어와 있었다.

"전부 정상이오. 다행히 목숨에는 지장이 없소."

턱수염 장년인이 원래 엘라가 쓰던 침대에 노인을 눕혔다.

그러는 동안 다른 장년인은 노인이 기절한 것이 꽤나 큰 충격이었던지 입을 완전히 다물어 버렸다.

"네가 그 마루스인의 통역을 맡고 있느냐?"

턱수염 장년인이 성큼성큼 걸어와 엘라를 향해 말했다. 그 음성에는 적지 않은 적개심이 깃들어져 있었다.

노인이 기절했기 때문이겠지.

— 무례한 자들이군.

나는 장년인 둘 모두에게 의념을 밀어 넣었다.

"……!"

장년인 둘은 고수다웠다.

의념에 놀라서 머리를 쥐어뜯기보단, 기이한 정신 능력을 쓰는 이방인을 공격하기로 선택했다.

스스슷!

눈앞에서 검광(劍光)이 번뜩였다.

둘이 동시에 발검했다.

청성검수들의 발검술과 일맥상통할 만큼 깨끗하면서도 쾌속(快速)한 한 수였다. 그리고는 수많은 합을 맞춰온 것이 분명하게도, 어떤 신호도 없이 두 장년인이 동시에 검 끝을 뻗어 오는 것이었다.

운신이 자유롭지 않더라도 그들 정도는 상대하는 데 무리가 없었다.

이화접옥의 수법으로 검의 진로를 뒤틀어 놓았다. 두 장년인은 갑자기 각자에게 돌아온 상대의 검을 피해 훌쩍 뒤로 몸을 피했다.

— 그렇게 죽고 싶다니, 죽여주지.

스믈스믈.

그렇지 않아도 계속 몸 안에서 꿈틀거리고 있던 십이양공의 열기가, 비로소 그 신위를 드러냈다. 붉은색 아지랑이가 어깨선을 타고 나와 천장을 향해 넘실거렸다.

나는 침대에 앉아 있는 채로 수도(手刀)를 검처럼 휘둘렀다.

검망십이로(劍網十二路).

수도가 한 번씩 그어질 때마다 한 개의 붉은 선이 허공을 가로질렀다.

처음에 두 장년인은 금고에 접근하기 위해 레이저를 피해 가는 어느 범죄 영화의 주인공처럼 민첩한 몸놀림을 보였다.

그러나 피했다고 생각한 선이 다시 휘어져서 되돌아오고, 다시금 전방에서는 새로운 선들이 연달아 날아와 얽히고 얽혔다.

순식간에 그 선들이 두 장년인의 겨드랑이, 목, 가랑이 사이까지 옭아맸다.

그렇게 내 수도가 열두 번 그어졌다.

그때 방 안은 거미줄 같이 얽힌 검기(劍氣)로만 가득했다.

두 장년인은 높은 경지를 이룬 무도인(武道人)이었기 때문에, 자신들이 처한 상황을 누구보다 잘 인지하는 것 같았다.

둘의 얼굴에 패색이 짙게 물들었다.

붉은 선이 그의 목 앞까지 조여 들어갔다. 목 피부에 닿는 바로 그때 선의 움직임을 멈췄다. 가늘게 베어진 목 피부에서 핏방울 하나가 뚝, 하고 떨어졌다.

다른 장년인도 바로 제 눈앞에서 붉은빛으로 발광하는 가느다란 선과 마주하고 있었다. 그는 식은땀을 비 오듯 흘리며 입안에 가득 고인 침을 꿀꺽 삼켜 넘겼다.

둘이 할 수 있는 것은 이제 아무것도 없다. 입만 열 수 있을 뿐.

"정체가 무엇입니까? 당신이……. 인간일 리가 없습니다."

턱수염 장년인이 나를 노려보며 말했다.

― 죽일 마음이 싹 사라지는군.

흥!

나는 콧방귀와 뀌며 검기를 모두 회수했다. 얽힌 실타래처럼 복잡하게 펼쳐져 있던 기운들이 모조리 내 손아귀로 빨려 들어왔다.

쏴쏴쏴 !

두 장년인은 붉은 것들이 빠르게 지나가면서 남기는 잔영들을 넋을 잃고 바라봤다. 검기가 모두 사라졌음에도 불구하고 두 장년인은 석상처럼 조금도 움직이지 않았다.

부쩍 커진 동공만 내 쪽으로 향했다.

― 너희들은 탐사대(探査隊) 정도 되는가?

"그렇습니다."

― 북쪽에서 일어난 일 때문이겠지?

"그렇습니다."

고분고분하게 대답하고 있지만, 두 장년인의 눈빛엔 여전히 적의가 맴돌고 있다.

― 그날 거기에서 무슨 일이 일어났는지 난 알고 있다. 너희들에게 그걸 들려주지. 물론 너희들이 그럴 자격이 되야겠지만.

"원하시는 게 무엇입니까?"

― 저 노인, 마법사겠지?

침대에 눕혀진 노인을 턱으로 가리켰다. 둘이 노인을

쳐다봤다.

"……그렇습니다."

턱수염 장년인이 대답했다.

나는 천천히 고개를 끄덕였다.

그러자 다른 장년인이 놀란 눈으로 턱수염 장년인을 휙 돌아봤다. 그건 절대 안 되오!, 그가 눈으로 말하고 있었다.

"진심이십니까?"

턱수염 장년인이 말했다.

"무슨 생각이시오! 저분은! 저분은!"

곧장 다른 장년인이 언성을 높였다. 턱수염 장년인은 그런 장년인의 말을 못들은 체 하며 말을 이어 나갔다.

"마법사를 원하시는 것이라면 다른 마법사들도 많이 있습니다."

— 하지만 저자의 성취가 가장 뛰어나군. 저자를 놓고 떠나겠다면, 너희 모두를 살려도 주고 그날을 들려주지.

"거래…… 입니까?

— 그래. 거래다. 북쪽에는 다녀와 봤느냐?

"그렇습니다."

— 무슨 일이 있었던 것 같더냐?

"정녕 당신이…… 한 일입니까?"

그곳의 끔찍한 광경이 떠오르는지, 턱수염 장년인은 입술을 파르르 떨었다.

— 그럼 더더욱이 그날 일을 꼭 알아야만 하겠군? 왕국(王國)을 위해.

"그렇습니다."

— 너희들 정도라면 이 왕국에서 높은 지위에 있을 것이다. 너희들쯤이라면 왕국의 이름으로 거래를 할 수 있을 텐데? 내 말이 틀렸느냐?

"저 혼자만 결정할 수 있는 일이 아닙니다. 제 동료를 설득할 시간을 허락하시겠습니까?"

— 그러지.

턱수염 장년인이 다른 장년인을 데리고 밖으로 나갔다.

그들의 대화에 귀를 기울였다.

"어쩌자고 그런 거래를?"

"공작께서는 저 존재가 무엇인 것 같소?"

"적어도 인간은 아니오. 이제 와서야 팔다리가 다 떨리는군. 하아."

"……강념(强念)이 주입되었을 때는 탑외인(塔外人)인 줄 알았소. 그리고 마법사를 원할 때에는 탐욕스런 리치가 아닐까 생각했소. 헌데 오러 소드를 발출하는 마도사와 리치는 없는 법이오. 마찬가지로 강념을 쓰는 검객도 없는 법이오."

"저 존재가 무엇이든, 어떻게 그분을 두고 거래할 수 있단 말이오? 더욱이 사악한 존재라면 우리는 이 일을 감당할 수 없소."

"공작. 우린 패자(敗者)요. 승자가 전리품을 챙기는 것은 당연하오. 그 이치를 공작과 나만큼이나 뼈저리게 느낀 자는 없다고 보오. 생각해보시오. 더욱이 지금 저울 그릇에 올라가 있는 건 우리가 아니요."

"잘못 건드려도, 한참을 잘못 건드렸소. 어쩐지 마을에 불길한 기운이 서려 있더니만……."

"공작께서 동의하지 않으신다면 이 거래는 할 수 없소. 뜻이 정 그러하시다면 가서 말하겠소. 거래 불가라고. 그리고 우리는 여기서 전멸하겠지요."

"……오성탑(五星塔)은 어찌 막을 생각이오? 만만치 않을 텐데? 특히 마스터를 잃은 흑탑(黑塔) 쪽은 아주 거세게 나올 거요."

"한 번에 하나씩만 합시다. 공작. 하면 동의하는 것이오?"

"충분한 가치가 있는 일이길."

"그럴 거요. 그곳은 위대한 힘이 닿지 않고서야 일어날 수 없는 광경이었으니 말이오."

　　다시 돌아온 턱수염 사내가 거래를 받아들이겠다고 전
했다.
　　거기에 대고 난 이렇게 의념을 전했다.
　　— 좋다. 지금부터 저 마법사는 내 것이다. 너희 왕국의
이름으로.

제4장

흑탑의 주인

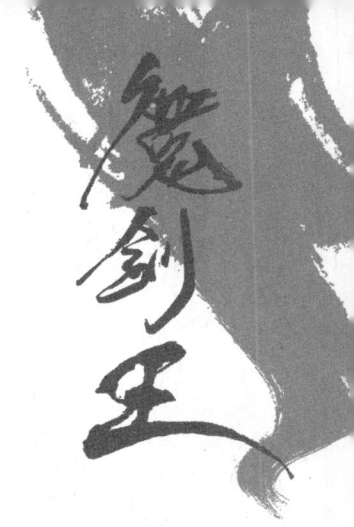

거래는 거래.

이들에게 이야기를 들려주기 전에 해야 할 일이 있었다.

손가락을 튕겼다.

탄지(彈指)가 곧게 뻗어서 마법사 노인의 관자놀이에 부딪쳤다.

노인이 전기침에 찔린 사람처럼 상체를 벌떡 일으켰다. 잔인함이 담긴 노인의 눈이 곧바로 우리 쪽으로 향했다.

우리 사이에 감돌고 있는 이상한 분위기를 감지한 노인은 검버섯이 핀 눈살을 찌푸리며 천천히 침대에서 내려섰다.

"어떻게 된 일이지?"

노인이 두 장년인을 향해 말했다.

— 들려줘라. 우리가 어떤 거래를 했는지.

나는 턱수염 장년인에게 그 일을 맡겼다. 그는 난처한 기색을 보였지만, 얼굴에 떠오른 그 감정을 빠르게 지워 내며 노인을 향해 고개부터 숙였다 들었다.

금방이라도 사람의 목을 날려 버릴 것 같은 날카로운 눈빛이 노인의 두 눈에서 번뜩였다.

"너. 탑외인(塔外人)이군."

그리고 그 시선은 곧장 나를 향한다.

"감히 나와 동행하고 있으면서 탑외인과 거래를 하다 니……."

노인이 뭔가를 중얼거리고 하자, 두 장년인이 동시에 외쳤다.

"안 됩니다!"

"멈추십시오!"

서슬 퍼런 노인의 눈빛이 우리 곳곳을 샅샅이 훑었다.

그러다 노인이 끌끌거리며 사악하게 웃었다.

노인에게서 어떤 위협적인 조짐이 없었는데도, 두 장년 인은 민감하게 반응했다. 이미 빼들고 있던 둘의 검에서 형상을 갖춘 강기(剛氣)가 스르르 자라났다.

"탑외인이 아닙니다."

턱수염 장년인이 노인을 잔뜩 경계하면서 대항할 태세를 갖췄다.

"말씀해 주십시오."

다른 장년인은 내게 도움을 청해왔다.

그러나 가만히 있었다.

옥제황월과 같이 노인의 심장 부근에 층층이 형성된 새로운 형태의 저장고가 어떤 식으로 작용하는지 지켜보고 싶었다.

돌아가는 형세로 봐서는 곧 노인이 두 장년인을 공격하고, 두 장년인도 자기 방어를 할 수밖에 없는 상황이 올 확률이 높았다.

"본 탑과 체이스 전하와의 연(緣)이 깊다 해도, 그 어떤 것도 오성탑의 규율보다 위에 있을 수는 없다. 헌데 흥미롭구나. 그대들 같이 많은 것을 이룬 자들이 무엇이 아쉬워서 탑외인과 거래를 했을까."

노인은 다시 흑천마검을 바라봤다.

바로 직전에 혼쭐났음에도 불구하고, 이제는 흑천마검을 바라보는 시선이 전보다 더 강렬해졌다.

소유욕 같은 원초적인 욕구가 아니라 그보다 한층 더

고등 차원의 것이 거기에서 느껴졌다.

"다섯 신들의 고분(古墳)이라도 언급한 모양이지? 그 정도 급은 돼야할 거야."

노인이 말했다.

"저분이 북쪽에서 일어난 일을 들려주신다 하셨습니다."

노인이 나를 휙 돌아봤다.

"왜 저것에게 존칭하느냐?"

— 말하거라. 우리가 어떤 거래를 했는지. 당장!

"맞습니다. 우리는 이분과 거래를 했습니다."

툭 튀어나온 턱수염 장년인의 목소리에 노인의 고개가 다시 돌아갔다.

"무슨 거래를 했느냐."

"우리는 북쪽에서 일어난 일을 알길 원했고, 저분께서는 마스터를 원하셨습니다."

턱수염 장년인은 일체의 감정을 배재한 채, 사무적인 어투로 말했다.

나는 노인이 바로 분개해서 뭔가를 바로 저지를 줄 알았었다. 두 장년인도 그렇게 생각했던 것 같다. 잔뜩 긴장한 채 검날을 세우고 있었는데, 노인은 차분하게 눈을 감는 게 전부였다.

그 때부터였다.

노인의 얼굴이 천천히 일그러지며 입이 벌려졌다.

어떤 짐승의 동굴처럼 칠흑 같이 어둡고 끝이 보이지 않을 정도로 깊어 보였다. 목젖조차 보이지 않았고 잇몸 또한 꺼멓게 죽어 있었다.

어떤 소리도 나오고 있지 않았지만, 노인은 절규에 가까운 분노를 지르고 있었다.

이윽고 노인의 눈이 떠졌다.

하얀 불을 두 눈에 켜 달고 있는 것 같았다.

"두…… 분께서 직접 대화를 나누십시오. 저희들은 이만 빠져 있겠습니다.

두 장년인이 도둑질하다 걸린 아이처럼 즉각 발을 빼려고 했다.

그때 노인의 입에서 정체불명의 사이한 음성이 깔려나왔다.

나는 그때를 놓치지 않고 집중했다.

노인의 심장을 중심으로 일곱 층 쌓여있던 기운들 중 다섯 개 층이 동시에 움직였다. 팔만팔천 개의 할라가 서로에게 의지하며 바퀴 돌 듯, 그 일곱 층의 기운들이 한 무리로 조화를 이루었다.

그리고 음공(音功)의 고수들이 그러하듯, 그 기운 일체가 음성에 깃들었을 때 상당히 흥미로운 일이 벌어졌다.

심후했던 공력 모두가 갑자기 사라지는가 싶더니, 바로 이어진 찰나에 노인의 것이 아닌 어떤 외부의 기운이 두 장년인의 주위에서 나타나는 것이었다.

"가길 어딜 가느냐."

가시넝쿨로 형상되던 순간.

그것들이 두 장년인을 돌돌 싸매며 검은 빛으로 은은한 빛을 띠었다.

그런데 두 장년인 또한 하수(下手)가 아니다. 가시넝쿨로 형용된 기운에 감기던 때에 몸 가까이 검을 세웠고 강기로 그것들을 베며 풀쩍 뛰었다.

"북쪽의 진상은! 그 누구보다도 마스터께서 원하시는 일이었습니다."

"왜 두고만 보십니까. 마스터를 막아 주십시오!"

두 장년인이 그렇게 외치며 작은 방 안에 갇힌 원숭이 처럼 민첩하게 뛰어 다녔다.

그들이 잘라낸 가시넝쿨들은 잔영처럼 희미해지면서 땅에 닿기 전에 사라져갔다.

노인의 입이 또 다시 벌어졌다. 이번에는 전과 다르게 일곱 개 층 전부의 기운들이 움직이는 것이었다. 노인의 눈도 살의로 충만해졌다.

암흑 속에서 튀어나올 망령의 비명 속으로 그 기운 일체가 담기고 있다!

앉아 있던 자리에서 두 손바닥으로 침대를 쳤다.

쏴악.

동시에 흑천마검이 내 손으로 날아와 감겼다.

노인이 벽면 쪽으로 스르르 미끄러져서 내게 거리를 벌리려 했지만, 내 쪽이 월등히 빨랐다.

죽어라.

노인의 눈빛이 사신의 낫처럼 내게 달려들었다. 노인의 입에서 뱉어진 음성에 칠 층 기운 전부가 스미어 들었다.

그것이 추측 불가능한 어떤 형태로 재현되기 전에 음성에 담긴 기운을 부서트려야 했다.

명왕단천공은 노인의 음성에 담기는 기운의 형태를 음공의 일종으로 인식한 것 같았다. 파훼법이 음공의 파훼법과 동일하다.

흑천마검의 검끝이 무형(無形)의 음성에 파고들었다. 그리고 명왕단천공이 보내온 이미지에 따라 천강혈마검법(天降血鬼劍法)이 시전됐다.

쾅!

벽이 통째로 날아갔다.

노인도 잔해들 속에 파묻혀 바깥쪽으로 날아가고 있었

다.

그 와중에도 천강혈마검법의 검기는 옆에서 사납게 처내리는 소나기처럼 노인을 노리고 떨어졌다.

"흥!"

스윽.

전방으로 팔을 뻗자, 내 손아귀 안으로 노인이 날아와 잡혔다.

노인이 없어진 대지 위로 검기들이 작렬했다.

쾅쾅 콰와와아!

폭음(爆音)이 연달아 터지고, 뿌옇게 인 흙먼지 사이로 천강혈마검법의 검흔인 혈귀의 얼굴이 어김없이 나타났다.

발버둥치는 노인을 바닥에 던져두고선 다시 침대로 날아와 앉았다.

두 장년인은 경이로운 표정으로 꿀 먹은 벙어리가 되어 있었다.

잠시 뒤, 계속 쓰러져있던 노인이 주섬주섬 일어났다.

노인은 처분을 기다리는 죄인처럼 고개를 축 늘어트린 채 계속 비틀거렸다. 어떻게든 정신을 차리려고 노력하는 것 같았으나 이내 곧 고꾸라지고 만다.

턱수염 장년인이 내 눈치를 보았다.

내가 고개를 끄덕이자, 그는 노인에게 다가가 쭈그리고
앉았다.

무언가 이상했던 것일까.

그가 노인의 눈꺼풀을 벌렸다.

그 안으로 진자 운동처럼 좌우로 빠르게 움직이고 있는
동공이 보였다.

렘수면 상태의 동공 움직임과 비슷하면서도, 속도와 움
직임 반경이 훨씬 더 빠르고 넓었다.

"심연(深淵)으로 들어갔습니다."

그가 말했다.

훤히 뚫린 벽 밖으로 이쪽을 향해 맹렬히 뛰어오는 군
집들이 보였다. 검을 뽑아든 채 달려오는 검사들, 그리고
몇 안 되는 마법사들이 검사들 사이사이에서 검은색 로브
를 펄럭였다.

"멈춰라!"

턱수염 장년인의 눈빛을 받은 다른 장년인이 목소리를
터트리며 무너진 벽을 넘었다.

"살아있는 마법사를 원하십니까? 마법사의 육신이 필
요하신 겁니까?"

턱수염 장년인이 계속 말했다.

"살아있는 채로 받길 원하신다면, 다른 마법사들을 들

이겠습니다. 더 깊은 심연으로 빠지기 전에……."

나는 고개를 끄덕였다.

우리는 곧장 마을에서 가장 큰 벽난로가 있는 곳으로 장소를 옮겼다.

노인은 벽난로 앞에 가지런히 눕혀졌고, 마법사 다섯이 노인의 머리맡에 앉았다. 앉은 순서는 왼쪽부터 심장에 이룬 층의 개수 순이다.

그들은 어떤 경건한 종교 의식처럼 아무 말 없이 명상에 돌입했다.

마법이 발현되는 방법도 신비롭지만, 심연에 빠졌다는 마법사를 치료할 때의 치료 방법도 그랬다.

처음에는 중원에서 늘 그렇듯, 그네들의 기운을 전이해주기 위해 모인 것이라고 생각했었으나 그게 아니었다.

세 번째 눈 덕분에 느낄 수 있었다. 다섯 마법사는 어떤 방법으로 서로의 의식을 이었고, 서로가 서로에 의지하며 노인의 의식 세계로 들어갔다.

다섯 마법사가 보고 있을 광경이 궁금했다.

"돌아가면 저들과 싸워야 합니다."

같은 곳을 보고 있지만, 턱수염 장년인은 나와 다른 생각을 하고 있었다.

"그러니 북쪽에서 있었던 진상을 이제 들려주십시오."

— 저자가 깨어나면.

귀찮게 하지 말라는 뜻으로 손을 까닥거렸다. 턱수염
장년인과 다른 장년인은 군말 없이 몸을 돌렸다.

노인의 정신이 돌아온 건 그로부터 만 하루가 지난 후
였다.

노인이 눈을 뜸과 동시에 마법사 다섯이 동시에 쓰러졌
다. 노인은 정신을 차리자마자 물부터 찾았다. 걸신들린
사람처럼 상당히 많은 물을 마시고 또 마셨다.

그러는 동안 쓰러진 마법사 다섯은 차츰차츰 죽어갔다.

이윽고 원기가 완전히 몸에서 빠져나가버렸는데, 그것
은 곧 완전한 죽음을 의미했다.

노인도 그걸 모를 리가 없었다.

그러나 냉정하게도 저를 위해 죽어버린 마법사들을 싸
늘하게 쳐다보다가, 어떤 안식의 기도도 없이 몸을 일으
켰다.

그리고는 곧장 내게로 걸어왔다.

"어떻게 한 것이었냐? 어떻게 하였어!"

노인이 두 눈에 하얀 불을 일렁거리며 뇌까렸다

그때 두 장년인은 계속 노인이 깨어나기만을 기다리면
서 같이 있던 중이었다.

도리어 그들이 질겁하면서 소리쳤다.

"미친 겁니까!"

"말해라. 어떻게 한 것이냐!"

노인의 심장 박동 소리가 들린다.

분노에 떨며 빨라지고 있다. 그러면서 장에서부터 거둬진 혈액들이 당장 쓸모가 있을 근육들로 분산된다.

최고조에 이른 노인의 육신은 뇌의 어떤 명령이든 수행할 준비가 되었다.

내가 몸을 날리자 노인의 몸이 즉각 반응했다. 동공이 어둠 속 고양이의 것처럼 크게 확장되고, 위협적인 공격체를 피하기 위해 뒤쪽으로 등을 기울였다.

그러면서 입술도 움직였는데, 그의 입에서 어떤 음절이 나오는 속도보다는 내 검지 손가락이 그의 마혈(魔穴)을 누르는 속도가 더 빨랐다.

검지 손가락 끝으로 노인의 몸속에 밀어 넣었던 공력은 일종의 자물쇠가 되어, 노인을 결박했다.

노인은 선 자세로 굳어버렸다.

두 장년인과 엘라 그리고 우리의 시중을 들고 있었던 기사 몇.

모두가 숨을 죽였다.

나는 노인과 마주 섰다.

— 아직도 주제를 모르는군. 노예. 이 왕국이 널 내게 주었다.

노인이 심장을 둘러싼 칠 층의 기운으로 뭔가를 해보려고 하는 것 같았지만, 그럴수록 고통만이 가중될 뿐이다.

— 하지만 그리 불행한 일만은 아니다. 내 뒤를 따른다면 지금껏 알 수 없었던 영역을 보게 될 것이다. 그것은 너희 같은 학식자(學識子)들이 평생을 꿈꿔왔을 일일 테니.

— 이를테면?

머릿속으로 쑥 들어온 노인의 의념에 나는 피식 웃었다.

그 의념은 안으로 흔들리는 감정이 느껴졌기 때문이었다. 점혈된 그 상태, 분노로 일그러져 버린 채 굳어버린 눈앞의 표정과는 꽤나 상반된 느낌이다.

— 그들 스스로를 조율자라고 하더군.

— 무슨 말을 하는 거냐. 조율자라니.

— 큭. 모르는군? 어쩌면 너희들에게는 드래곤이라고 불리고 있을지도 모르겠구나.

— 다섯 신을……. 지금……. 그들 스스로라고 하였느냐? 넌 누구지?

— 은하수를 여행하는 히치 하이커 쯤으로 해두지.

나는 그렇게 전하며 피식 웃었다.

― 역시 마족이었느냐.

― 무엇을 마족이라 부르는가. 마족의 정의가 무엇이지?

― 바로 너 같은 것을 마족이라 한다. 우리 인간과 같은 모습을 한 타차원의 존재.

노인의 의념 안에서는 시공간과 차원의 차이를 제대로 구분하고 있었다.

― 그렇다면 난 아니겠군.

그간 흑천마검이 했던 말들이나 합일 중에 알게 된 것들을 종합해 보면, 현실 세상이나 중원 그리고 이쪽 세상 모두 동일 차원 안에 속했다.

중원에서 현실 세상으로 가고, 현실 세상에서 이쪽 세상으로 온 것은 단지 시공간을 넘은 것이었지 차원을 뛰어넘은 건 아니었다.

거기에는 우주의 끝과 끝의 거리만큼 엄청난 차이가 있다.

― 단언컨대 난 마족이 아니다. 그럼 나는 무엇인 것 같은가? 내 뒤를 따르려면 지금쯤 눈치채고 있어야 할 것이다. 못한다면 네놈은 필요 없다.

― 광오하구나. 감히 내게!

— 분명히 너는 이 세상에서 뛰어난 학식자일 것이다. 그런데 오성탑이라고 했나? 당장 너 같은 학식자는 넷이 더 있고, 찾아보면 얼마든지 또 많겠지. 꼭 네놈일 필요는 없다. 다음 녀석은 조금 더 똑똑하고 고분고분했으면 좋겠군.

나는 몸을 휙 돌렸다.

모두가 이쪽을 보고 있었다.

두 장년인이 쭈뼛쭈뼛 내게로 걸어왔다. 둘은 메두사의 눈을 본 것처럼 완전히 굳어버린 노인을 흘깃 쳐다본 후 내 쪽으로 고개를 돌렸다.

— 필요 없어졌다.

"풀어…… 주실 겁니까?"

턱수염 장년인이 물었다.

내게서 대답이 들려오지 않자, 그와 다른 장년인은 다시 노인을 쳐다봤다.

그런데 그들의 눈 안에는 지금껏 그래 왔던 것과는 달리 노인을 향한 두려움이나 경계심 따위는 존재하지 않았다. 그것들 대신 자리하고 있는 것은 오로지 살의(殺意)였다.

어쨌거나 그들 입장에서는 이제 노인이 사라져야만 했다.

노인도 그걸 모를 리가 없었다. 정황을 제외해 놓고도, 당장 그의 눈앞에서 눈동자 네 개가 뻘겋게 번질거리고 있었으니까.

— 저것들을 죽여라. 그럼 원하는 것을 들어주겠다.

노인의 그 의념에 나는 큭큭 대고 웃었다.

두 장년인을 돌아가게 한 후 노인의 눈을 똑바로 직시했다.

— 분노가 이성을 앞섰군. 너희 같은 자들은 항상 그걸 경계해 왔을 텐데?

화악!

피어올린 공력에 그의 동공이 더 크게 확장됐다.

약간의 시간이 지난 후.

노인의 눈에 서려있던 광기 어린 분노가 흐릿해 지고 있었다.

— 차원을 넘어온 것도 아니라면 다른 시공간에서 왔다는 것밖에. 하지만 우리는 네가 온 곳을 발견하지 못했다. 대단…… 하구나……. 넌 영락없이 마루스인이…… 아니군……. 달라…….

— 외톨이인가?

— 뭐?

— 너희 마법사들의 세계에서 밀려났는가?

— 밀려나? 이걸 풀거라. 마음껏 웃어보고 싶구나. 그
간 웃음을 잊고 살았다.

— 그런데 왜 모를까?

— 무엇을?

— 내가 있던 곳으로 너희 쪽 마루스인이 왔었다.

그 순간 노인의 의념이 뚝 멎었다. 어떤 마루스인이 다
른 세상으로 넘어갔었다는 말이, 그에게는 세상 어떤 말
보다 가장 충격적이었던 것 같다.

꽤 적지 않은 시간 동안 노인의 눈동자가 이리저리 움
직였다.

이윽고 노인의 의념이 다시 흘러들어왔다.

— 널…… 따라가지.

*   *   *

점혈이 풀린 노인은 생각했던 대로 침착해졌다.

그래도 두 장년인을 노려보는 노인의 눈빛만큼은 전보
다 더 날이 서 있었다. 품 안에 식칼을 감춘 채 등 뒤를 밟
고 있는 연쇄 살인마의 그것처럼 조용하고 섬뜩했다.

"체이스 전하께서 마스터의 충심을 알아……."

고수인 장년인이 말을 채 끝내지 못할 정도로.

'반드시 너희들을 찾아가 죽여주지.' 란 집념이 노인의 눈빛 안에서 뚜렷했다. 그때부터 그들은 노인이 눈앞에서 사라지는 끝까지, 마음을 놓지 말았어야 했다.

기다렸던 순간이 온 것을 눈치챈 다른 장년인은 방 안에 있던 기사들을 모두 밖으로 보냈다.

오로지 엘라만이 고양이처럼 소리 내지 않고 모닥불 앞으로 향했다.

엘라가 그 앞에서 이불을 끌어안고 있는 동안, 두 장년인은 무서운 이야기를 주고받는 사춘기 소녀들처럼 굳은 얼굴로 내 입술만 바라봤다.

비로소 기다리던 순간이 왔기 때문일 것이다. 계속 노인을 경계해 왔지만, 이 순간만큼은 그들답지 않게 그만 마음을 놓아버렸다.

노인의 입술이 움직인 뒤에, 음성에 칠 층의 기운이 담긴 뒤에, 더욱이 기운이 사라지고 외부의 기운이 무언가로 재현된 뒤에는…….

그들이 할 수 있는 일은 그렇게 많지 않았다.

그들의 발끝에 맺힌 얼음이 순식간에 몸을 타고 올라 전신을 덮었다.

노인은 얼어버린 그 둘을 뒤로 한 채 몸을 틀었다. 엘라가 제 곁으로 걸어오는 노인을 피해 황급히 옆으로 기어갔다.

노인이 벽난로 옆에 기대 세워져 있던 철제 부삽을 집어 들고 이쪽으로 걸어왔다.

"죽일 거다."

노인이 말했다.

나는 엘라에게 이쪽을 보지 말라는 식으로 손을 저어보였다.

노인이 들고 있던 부삽이 높게 치켜 올라갔다.

그리고 떨어졌다.

팡!

얼어붙은 턱수염 장년인부터 강하게 때렸다.

얼음 파편이 사방으로 튀었다. 부삽이 강타한 지점부터 금이 쩍쩍 가기 시작하더니, 결국 커다란 조각으로 나뉘어져 주저앉았다.

조각들 단면으로 내부의 장기와 얼어붙은 핏물들이 깨끗하게 보였다. 얼굴만 해도 세 조각 이상으로 갈라져 있었다.

나는 이보다 더 잔혹한 광경은 많이 봐왔지만, 엘라는 아니었다. 그래서 내 명령대로 눈을 가리고 있는 엘라의 모습에 안심이 들었다.

다른 장년인까지 똑같이 처리한 노인은 더 이상 어떤

조각들에도 눈길 한 번 주지 않았다.

노인은 바닥에 어질러진 얼어붙은 신체 조각들 위에 부삽을 버린 다음 내게 걸어왔다.

"길잡이는 되어 줄 수 있다. 낯선 세상에서 온 이방인을 위해. 그 정도면 충분하지 아니한가?"

두 장년인을 죽일 때와는 다른 집념이 노인의 만면에 퍼져 있었다.

"크크크……."

나는 노인을 빤히 바라보면서 웃음을 흘렸다.

노인의 입술 왼쪽 근육이 기분 나쁘다는 듯이 꿈틀거렸다.

자존감뿐만 아니라 자존심까지 강한 자가 이 정도면 나름대로 자신을 꺾은 것이다. 물론 이 정도뿐이라 하더라도 당장 쓸 만할 정도는 되었다.

"진실된 협조를 약속하겠다."

더욱이 그는 내가 그에게 원하는 것이 무엇인지 잘 알고 있었다.

하지만…….

노인과 같은 심성의 인물에게는 이것만으로는 충분치 않다.

"그렇다면 면접 시간을 가져보지."

"뭣이?"

늦었어.

화악!

일순간 공력이 뻗어 나갔다.

노인의 백발이 펄럭이는 가운데 집 전체가 기막(氣膜)으로 감싸였다.

노인이 본능적으로 무언가를 하려고 했지만, 점혈되었을 때와 마찬가지로 내 손이 먼저 그의 어깨를 붙잡았다.

아직까지 분근착골(分筋錯骨) 앞에서 입을 열지 않은 자를 본 적이 없었다.

노인은 어떨까?

드드득.

두터운 뼛소리가 났다.

노인의 자세가 기형적으로 비틀렸다.

"크아아악."

비명을 지르면서 한번 벌어진 입은 다물어질 줄을 몰랐고, 그 안에서 침이 길게 떨어져 바닥에 흥건히 고이기 시작했다.

때때로 노인의 칠 층 기운이 움직여댔으나 내가 밀어 넣은 공력의 크기가 더 압도적이었다.

일그러진 노인의 의념만이 간간이 부딪쳐 들어왔다.

— 그만! 그만!

때가 됐다.

"네 이름이 무엇이냐?"

"엘…… 로크. 소서러! 란테모오오오오스!"

"내가 있던 세상으로 한 마루스인이 넘어왔었다고 말했을 때, 누가 떠올랐느냐?"

"아……할!"

"아할은 누구냐?"

"마루스……. 대제국……. 최…….고위 궁정 마법사아아악!"

"왜 그가 떠올랐느냐."

"그…… 극(極) 텔레포트으윽. 놔.놔앗!"

"극 텔레포트는 무엇이냐?"

"유일한…… 성간(星間) 이동!"

"나를 따라가야겠다고 마음먹은 이유가 아할, 그자에게 있느냐?"

"그래에엑! 놔!"

"경쟁심 때문이었군."

"그래에에에에에에!"

내게 어떤 앙심을 품고 나를 따라나서겠다고 한 것은 아니었다.

"살고 싶으냐?"

"살…… 살!"

"내게 복종하겠느냐?"

"으아아악."

"복종하겠느냐?"

"한다아아아!"

손을 놓았다.

노인이 제자리에서 자지러지면서 숨을 헐떡거렸다. 그 꼴은 꼭 어조 속에서 튀어나온 지 오래된, 죽어가는 붕어와 같았다.

그런 그를 내려다보며 가만히 뇌까렸다.

"노예, 네가 좋아할 만한 사실 하나를 들려주지. 내가 있던 세상으로 왔던 것은 네가 신경 쓰는 그 궁정 마법사가 아니었다. 놈이 왔을 때에는 채 성년이 되지 않았었지."

"으으으……."

노인이 죽어가는 소리를 내며 천천히 고개를 들었다.

"이제 네놈이 들려줄 차례다."

수많은 질문들이 머릿속에서 산발적으로 튀어댔다.

이 세상 사람들에게 드래곤은 어떤 존재인가? 두 개의

행성의 크기는 어떻게 되고 나라는 얼마나 많은가? 두 행성의 종교. 문화. 과학. 정치는 어떻게 되고 특이할 만한 것은 또 무엇이 있는가?

그렇다면 옥제황월, 놈은 이 세상에서 어디에 있던 누구였고, 본래 이름은 무엇일까?

어떻게 놈은 시공간을 넘어 중원으로 왔었던 것일까?

놈은 나비를 수족처럼 부렸던 것, 시공간을 넘었던 나를 따라 현실 세상까지 따라왔던 그 방법 모두 마법이었던 것인가?

그렇다면 마법으로 어디까지 강해질 수 있을까?

*　　　*　　　*

밖에 수십 명의 기사가 있다.

그들의 두 주군이 잔혹한 방법으로 살해당한 사실을 눈치채기 전에, 일단 자리부터 옮겨야 할 것 같았다. 그렇지 않아도 벌써 사상자가 일곱이나 나왔기 때문에 더 이상의 살상은 없어야 했다.

나는 노인, 아니 대마법사 란테모스를 바라봤다.

그는 내가, 저쪽 세상의 지존(至尊)인 혈마교주가 작정하고 시전한 분근착골의 여파를 피해가지 못한 상태였다.

시전한 시간이 짧았던 덕분에 정신은 온전할 테지만 육
체는 아니다.

비록 짧은 시간에 불과했을지라도 영원같이 느껴지고
그때의 고통은 잔상처럼 남는다. 실제로 근골(筋骨) 또한
심각한 타격을 받은 상태라서 무림인이었다면 다시는 무
공을 쓰지 못할 지경에 이른다.

나는 란테모스가 불구가 되는 것을 원치 않았다. 그래
서 치료해 주고자 손을 뻗었다.

탁.

그런데 란테모스가 내 손을 뿌리치면서 나를 노려봤다.

"치, 치워라."

이번에도 일곱 개 층이 반응했다.

"$H\varepsilon\,\alpha\,\lambda\quad H\alpha\,\nu\,\delta$"

란테모스의 입에서 흘러나온 음성에 그 기운들이 스미
어 들었다가 허공으로 환원됐다. 그러자 엘라 만큼이나
깡마른 그의 손으로 새하얀 기운이 떠올랐다.

성령(聖靈)의 손길?

눈을 떼지 못할 신성한 빛이 거기에 깃들었다.

란테모스는 흡시 기공사처럼 제 몸 곳곳을 천천히 쓸어
내렸다.

두둑. 둑둑.

탈골되거나 부러지고 혹은 비틀어져 버린 골격들에서 본래 대로 돌아가는 소리가 요란하게 나기 시작했다.

하늘 전체로 시공간을 갈라버렸던 신적인 능력과 우주 공간에서 초고속으로 날던 유성체들을 끌어당기고 마는 강력한 인력(引力).

드래곤이 보여줬던 힘을 상기할 때와는 다른 느낌의 감동이 지금 내 눈앞에 펼쳐졌다.

모든 과정을 일체 생략해 버린 채 손을 가져다 대는 것만으로도 치유가 이루어지다니……. 실로 경이로운 광경이 아닌가!

어떤 방식으로 작용하는 것일까?

지난 시간대에서 천의가 깨달은 종합의술과 비교하면?

암은? 정신병은?

EBOV 같이 바이러스에 의해서 발병하는 질병에도 효과가 있을까?

이 세상은 질문투성이다.

짜릿.

내가 여기까지 오게 된 것이 바로 이 순간을 위한 인과율(因果律)의 안배같이 느껴질 정도로 큰 감명을 받았다.

이렇게나 내 결정에 흡족했던 적은 실로 오래간만이었다.

치유 마법을 마친 대마법사 란테모스가 비틀거리면서 일어나고 있었다.

얼굴에 물든 놀라움을 재빨리 지웠다.

그러나 일문(一門)의 극의를 이룬 자라는 것을 증명하기로 하듯, 란테모스의 눈썰미는 몹시 뛰어났다. 보여주지 않아도 될 것을 보여주고 말았다.

굴욕감과 고통으로 일그러져 있던 그의 얼굴이 순간 펴지고, 그 자리 위로 얕은 웃음이 걸렸다.

명백한 조소(嘲笑).

"네놈. 아직 정신을 못 차렸구나."

란테모스는 거기에 대해 답을 하지 않고선 내 옆을 스쳐지나갔다.

"바깥 것들은 그대로 두어라."

그의 등 뒤에 대고 말했다.

"끌끌. 재미있군."

란테모스가 선 그 자리에서 중얼거렸다. 그가 계속 말했다.

"하지만 체이스의 두 검을 죽였을 때, 저들의 운명도 정해졌다."

"흔적 때문이라면."

기운을 움직인 다음 십이양공의 진력을 집중시켰다.

얼어붙은 두 피살자의 신체 조각들이 허공으로 떠오르
기 무섭게 푸른 불길에 감싸였다.

　사르르.

　티끌만 한 것도 남기지 않고 신체 조각 전부가 완전히
산화(酸化)됐다.

　란테모스는 그 광경을 눈에 이채(異彩)를 띠고 바라봤
다. 란테모스의 치유 마법을 보던 내 표정이 바로 저랬을
것이다.

　내가 저를 보고 있다는 사실을 깨달은 란테모스는 이맛
살을 구기며 놀라지 않은 척했다.

　바로 직전의 나를 보는 것 같아서 나는 큭큭 대고 웃었
다. 그리고는 얼굴에 웃음기를 싹 지우며 그에게 손가락
을 까닥였다.

　란테모스는 선 자리에서 움직이지 않았으나 그리 오래
가지는 못했다.

　손바닥 전체로 십이양공의 붉은 아지랑이를 피어 올리
자, 그가 마지못해서 내 앞으로 걸어왔다.

　"굴복한 건 육신이지 내 정신이……."

　짜악!

　란테모스의 고개가 휙 돌아갔다.

　그는 벌게진 뺨에 손을 댄 채로 잠깐 굳어 있다가 갑자

기 나를 쳐다봤다.

흰자위가 번들거리고 동공은 크게 확장돼서, 입은 양옆으로 쭉 찢어져서 올라가 있다. 그의 만면에 괴이한 웃음이 가득 차 있었다.

란테모스의 어깨에 손을 올렸다.

그의 몸이 먼저 분근착골을 기억하고 있어서, 전신이 크게 움찔했다.

"란테모스."

살기를 담은 음성이 자욱하게 퍼져나갔다.

그의 눈동자 안으로 내 모습이 보였다.

내 얼굴이 시뻘건 불을 밝힌 악마의 얼굴처럼 보였다.

"꿇어라."

란테모스는 지체 없이 무릎을 꿇었다.

그리고는 뇌까렸다.

"끌끌끌……. 이 육신은 네게 굴복하였다. 이제 발등에 입을 맞추면 되는 것이냐?"

"너 자신을 위해서라도 지난날의 너를 잊어야 할 것이다. 자결할 자유는 주지. 말했듯이 네놈 말고도 많으니까."

"발등에 입을 맞추면 되는 것이냐?"

"되는 겁니까. 주인님."

"발등에 입을 맞추면 되는 겁니까? 주.인.님."

"하거라."

란테모스가 내 발등에 입을 맞췄다.

그것으로 됐다. 무엇이 그리 재미있는지 끌끌거리며 계속 웃음소리를 내고 있었으나, 그것까지는 강제하지 않았다.

어디까지나 지금 당장은 형식상의 주종(主從)관계에 불과하다는 것을 잘 알고 있었다.

— 됐다. 이제 나오거라.

엘라가 덜덜 떨면서 이불 밖으로 기어 나왔다. 그녀는 내게 처음 그랬던 것처럼 란테모스를 쳐다보지 못했다. 고개를 떨어트린 채 바닥만 보고 걸어와서 내 등 뒤에 달라붙었다.

란테몬스는 그런 엘라를 구더기보다 못한 시선으로 바라보다가 흑천마검 쪽으로 관심을 돌렸다. 흑천마검은 계속 내 한 손에 들려 있었다.

"변형(變形)……."

란테모스가 중얼거렸다.

이제 그에게도 흑천마검이 목걸이가 아닌 본연의 모습으로 보이는 모양이다.

"자리를 옮겨야겠다. 누구의 방해도 받지 않되, 안락한 곳이 좋겠군. 너 또한 그것만을 기다리고 있었을 것이다. 나와 내 여종을 안내하거라. 네놈이라면 할 수 있겠지?"

나는 그렇게 말하며 란테모스를 쳐다봤다.

심장에 이룬 층은 곧 마법사의 수준.

다섯 개의 층을 이루고 있었던 옥제황월도 공간을 자유자재로 이동했었는데 란테모스라고 못할 리가 없다고 생각했다.

"내게 맡긴다라……. 끌끌……. 어떤 것도 두렵지 않습니까? 주.인.님."

란테모스의 칠 층 기운이 움직였다.

"Μας Τελεπορτ"

란테모스의 입에서 마녀의 저주와도 같은 음성이 흘러나왔다.

흑천마검과 세상을 넘나들 때는 푸른 빛무리가 이끌었지만, 란테모스의 공간 이동 마법은 그것과는 달랐다.

위에서 아래로, 아래에서 위로, 좌측에서 우측으로, 우측에서 좌측으로. 우리 주위의 공간이 중앙으로 쏠리는 게 느껴졌다.

공간이 일그러지고 있다.

그 와중에도 란테모스는 내 반응을 살피고 있었다.

엘라는 제 몸이 짓눌러지기 시작한 기현상에 까무러치게 놀라고 있었다.

그러나 내게서 그녀 같은 어떤 반응도 보이지 않자, 란테모스가 쳇 하는 식으로 고개를 돌렸다.

아아아.

공간이 수축되면서 일종의 흡입력이 일점(一點)에서 발생했다. 빠져나오고자 한다면 할 수 있을 것 같았지만 그렇게 하지 않았다.

그렇게 기이한 압력에 공간과 함께 짓눌렸다가, 갑자기 공간의 확장이 느껴졌다.

우리는 어떤 거대한 존재에 의해 삼켜졌다가 다른 공간으로 토해진 것이나 다름없었다.

장소가 바뀌었다.

"우에엑."

곧장 주저앉은 엘라는 속부터 게워내기 시작했고, 란테모스는 상종조차 할 수 없다는 듯이 거기서 시선을 돌려버렸다.

— 괜찮느냐?

"예. 주인님."

엘라의 안색이 좋지 않았으나 상태를 살펴보니 잘못된 구석은 없었다.

고개를 들고 주위를 확인했다.

마치 형광등처럼 창백한 빛을 뿌리는 구체들이 곳곳에 박혀있었다. 그리고 정체불명의 내장 혹은 신체 기관을 담은 병들이 빼곡하게 담긴 장들이 그 불빛을 받으며 삼면(三面)을 둘러싸고 있었다.

신체 기관이 든 병들 대신 책이 꽂혀 있었다면 영락없이 작은 도서관을 연상케 하는 곳이었다.

란테모스가 아무 말 없이 먼저 방에서 걸어 나갔다. 우리는 그의 뒤를 따라갔다. 방에서 나온 후에는 좁은 복도가 나타났고, 복도의 끝에는 어김없이 처음 도착했던 방과 동일한 곳이 나타났다.

그런 식으로 다섯 개의 방을 지나치고 나서야 비로소 객실(客室)이라고 할 만한 공간에 이르렀다.

방 크기가 넓지만 자리한 가구라고는 소파 하나와 책장이 전부라서, 동굴처럼 공허했다. 더욱이 칙칙한 커텐이 발코니 쪽을 가리고 있기까지 했다.

"아무도 오지 않는 곳입니다. 주.인.님."

란테모스의 목소리가 웅웅 울렸다.

"아무도 오지 않는다는 것은?"

"여긴 제 비처(秘處). 오성탑에서도 모르는 곳입니다. 주.인.님."

발코니 쪽으로 걸어가 커텐을 젖혔다.

시야가 확 트였다.

얼어붙은 바다가 두 눈으로 가득 차 들어왔다.

얼어붙은 바다 위에 자리한 무인도. 그리고 그 위의 저택라…….

"추적 마법도 소용없습니다. 주.인.님."

"누구의 추적? 오성탑? 이름 모를 어떤 왕국? 크크큭…….' 넌 아직도 감을 잡지 못하는구나. 네놈이 제일 먼저 물어야 했던 건, 무엇이 나를 다치게 했냐는 것이다."

"주.인.님.께서 말씀하신 그 마루스인 입니까?"

"놈 따위가?"

"그럼 무엇입니까?"

"드래곤."

란테모스의 두 눈이 부릅떠졌다. 금방이라도 안구가 튀어나올 것만 같이 흰자위에 돋아난 핏발까지 뚜렷하게 보였다.

"그것들부터 사냥할 것이다."

이윽고 내 그 말에 란테모스는 백치처럼 멍해져서는 고개만 좌우로 움직일 뿐이었다.

*   *   *

"......!"

그 순간 란테모스의 뇌리로 뭔가 스쳐 가는 생각이 있었던 모양이다.

주욱.

란테모스가 허공에 집게손가락을 그어 내렸다.

신비롭게도, 꺼멓게 그을린 대지의 영상이 그 자리 위로 나타났다.

드래곤이 유성체로 나를 폭격했던 바로 그곳이다.

란테모스는 그가 만든 영상 안을 뚫어지라 쳐다봤다.

그의 시선을 따라 허공에 뜬 영상도 똑같이 이동한다. 뭔가를 찾기 위한 것인지, 그의 눈동자가 빠르게 움직여 댔다.

이윽고 영상이 한곳에서 멈췄다.

불타고 남은 운석 덩어리가 영상 정중앙에 위치해서 클로즈업 됐다.

한참이나 그것을 들여다본 란테모스는 한 손으로 눈가를 덮은 다음, 천천히 비비적거렸다.

그리고는 점점 그 속도가 빨라지고 가하는 힘이 세지기 시작했다.

벅벅.

강박증 환자처럼 눈을 아무렇게 비비던 그였다.

그러던 문득 손가락 사이로 그의 충혈된 한쪽 눈이 드러났다.

란테모스가 그 눈으로 나를 똑바로 쳐다보며 물었다.

"사…… 사실이냐?"

"거짓 같은가?"

란테모스의 전신이 바르르 떨렸다.

"어…… 어…… 째서……. 한낱 인간에게……."

한 걸음, 두 걸음.

그가 뒷걸음질 쳤다.

"왜 나냐! 왜에에에!"

란테모스는 손을 아무렇게나 휘저으며 발악했다.

"위험해……. 위험해……."

그러다가 혼자 중얼거리면서 사방을 두리번거리는 것이었다.

광증(狂症)이 도진 정신병자, 딱 그 모습과 다를 바 없었다.

그가 느끼고 있는 극한의 공포가 엘라에게까지 전해졌다. 엘라는 란테모스를 귀신 보듯 하며, 그의 시선이 닿지 않는 다른 방 쪽으로 도망치고 있었다.

"드래곤이 그렇게 두려운가?"

내가 물었다.

"위대한…… 직접……. 모습을 보이셨다……. 네놈 앞에……. 그리고 넌……. 여기에……."

"대마법사의 체통은 어디로 갔는지 원."

나는 피식 웃으면서 란테모스에게 다가갔다.

내가 한걸음 내딛으면 그는 두 걸음 물러섰다.

"그래. 난 여기에 있지. 어떻게 내가 여기에 있을까? 그걸 궁금해 했었어야지. 네놈은 계속 사고(思考)가 늦군. 실망이 이만저만이 아니야. 계속 나를 실망시킬 것이냐? 란테모스."

란테모스가 뒷걸음질을 멈추고 나를 쳐다봤다.

"말해라 말해! 어떻게 된 것이냐! 어떻게 살아있는 것이냐!"

"말이 다시 짧아졌군."

"닥쳐라!"

"드래곤을 그렇게 두려워하면서, 그것을 사냥하려는 나는 두렵지 않은가 보지? 뭐. 이번만큼은 관대하게 넘어가주지. 네놈은 새로운 영역으로 갈 준비가 되지 않았으니까."

스스슷.

나는 바닥 위를 미끄러지듯 날아가 란테모스 옆을 스쳐

지나갔다.

소파에 앉자, 저쪽 방 안에서 반쯤 고개만 내밀어 이쪽을 보고 있는 엘라의 얼굴이 보였다. 엘라에게 손가락을 까닥여 보였다. 엘라가 곧장 뛰어와 내 옆에 안겼다. 역시나 비를 잔뜩 맞은 강아지처럼 바들바들 떨고 있었다.

란테모스는 서 있던 자리에서 굳어버렸다.

그런 그를 한참을 내버려뒀다.

무슨 생각을 그리 깊이 하는 것인지, 삼십 분은 훌쩍 넘겼을 것이다.

놈이 다가왔다.

내 옆에 우두커니 서서 말했다.

"말해……."

"앉아라."

란테모스는 맞은편 소파로 향했다.

처음부터 줄곧 엘라만 앞에 두면 더러운 냄새를 맡는 냥 얼굴을 찌푸리던 그였지만, 지금 이 순간만큼은 그 어떤 것도 눈에 들어오지 않는지 오로지 나만 바라보고 있었다.

"너희들에게는 드래곤이 신일지언정, 내게는 아니다. 내게는 제거해야 하는 대상에 불과하다."

"왜 그러지?"

"나는 이 세상에서 할 일이 있지만, 그것들은 우리가 떠나길 원하지."

"너는 마족…… 이 아니라 하였다."

"마족이란 것들에게도 그러는 모양이군?"

"그렇다. 마족은 다른 차원의 존재. 다섯 신께서 이차원의 존재들을 싫어하시지."

"그것들이 신으로 추앙받고 있다면, 이 세상 모든 사람들이 모조리 다 그것들만을 믿고 있겠군. 신이 실존하니 종교는 하나로 통일되어 있겠고. 그런가?"

'실존하는 신'이 있는 세상은 그럴 것이다. 남녀노소 불문하고 모든 인간이 광신도가 되어서, 신을 향한 믿음이 진정한 가치로 평가되는 곳!

나는 거대한 날개를 펄럭이며 하늘 위를 나는 다섯 마리의 드래곤과 그 아래에서 수천만 명의 사람들이 절을 하고 있는 광경을 떠올려보았다.

"아니다."

"아니라?"

"섬기지 마라 하셨으니까."

"너희들과 직접 소통까지 하는 것인가?"

"고문(古文)에 그리 나와 있다."

"고문이 전부인가?"

란테모스는 고개를 저었다.

"다섯 신을 섬기는 교단이 서면, 다섯 신께서 심판을 내리시지."

"그럼 그것들이 현존(現存)하고 있다는 것은 모두가 알고 있을 것이고."

"그렇다."

"하면 이 세상에서는 어떤 교단도 없는가?"

"많은 이들이 '뮬'을 섬긴다."

"뮬?"

"다섯 신의 어머니이자, 혼돈에서 홀로 솟아나 세상을 창조하신 모신(母神). 이제 말해. 어떻게 그렇게 있을 수 있는 거지? 체이스의 두 검은 그럴 수 없었을 테지만 난 알 수 있다. 넌 나와 같은 인간이야."

란테모스의 두 눈이 광기(狂氣)를 띤 것처럼 희번덕거렸다.

"계속 주인님 소리를 듣고 싶다면, 정체를 밝혀! 네놈이 얼마만큼 위대한지 들려주란 말이다! 넌 누구냐? 무엇이기에 감히 다섯 신을 사냥한다고 말할 수 있는 것이냐!"

"그것은 나를 반신의 그릇이라고 불렀지."

"반신의 그릇이라니…… 그 무슨!"

나는 어쩔 수 없이 고개를 저었다. 그리고는 나지막하

게 중얼거렸다.

"너를 보여줘라."

너를 보이라니?

란테모스가 의아한 얼굴을 했다.

아!

란테모스는 내 그 말이 본인에게 향한 것이 아니라는 것을 알아차리고는 황급히 고개를 돌리려 했다.

그런데 이미 그의 어깨 뒤 허공에서부터 긴 손톱이 자라나고 있다.

"읍!"

순식간에 나타난 새하얀 두 손이 란테모스의 얼굴을 덮듯이 깍지 꼈다. 서로 맞부딪치는 열 개의 긴 손톱 사이로 끽끽거리는 불쾌한 소리가 삐져나오기 시작했다.

"읍! 읍!"

란테모스가 그 손아귀에서 빠져나오기 위해 발버둥 쳤다.

마법을 쓰려고 해도 그의 입을 막은 싸늘한 손바닥 때문에 마법 주문을 내뱉을 수 없었다. 목 아래로 드러난 피부 겉으로만 힘줄이 불룩 솟아서, 무척이나 고통스러워 보였다.

"그만 풀어줘라. 내게 필요한 놈이다."

흑천마검에게 말했다.

"이깟 늙은 인간으로 어쩔 수 있는 문제가 아니다. 애송이. 그리고 원하는 것을 얻는 데까지 적지 않은 시간이 들 것이야."

흑천마검이 란테모스를 싸늘한 시선으로 내려다보며 말했다.

"아니. 할라, 특히 중완의 할라는 마법과 일맥상통하는 부분이 있는 것 같더군. 빨리 익힐 수 있을 것이다. 오래 걸리지 않아."

"흥!"

흑천마검이 깍지를 풀었다.

푸악!

란테모스가 침 섞인 숨을 뿜어내며 소파 아래로 넘어졌다.

흑천마검이 소파 아래에 쭈그리고 앉아, 란테모스의 미간을 집게 손톱으로 꾹 찔렀다. 란테모스의 고개가 번쩍 들려졌다.

흑천마검의 인간형을 처음 본 란테모스는 입술만 바르르 떨었다. 그는 뭔가를 알고 있거나 혹은 느끼고 있는 게 분명했다. 찰나의 순간에 란테모스의 얼굴빛이 죽은 사람처럼 창백해졌다.

"너. 늙은 인간."

흑천마검이 뇌까렸다.

"이놈에게 네 쓸모없는 재주를 전수해 줘야겠다."

무슨 생각이지?

녀석이 날 돕는다?

"시간이 없다."

흑천마검이 날 바라보며 말했다.

*　　　*　　　*

만물은 무엇으로 이루어져 있는가!

그것은 문명을 이룬 인류라면 꾸준히 탐구해왔던 문제였다.

그 결과 현실 세상에서는 쿼크와 힉스 입자로 그것을 설명하고 있고, 현실 세상의 과거 어디쯤과 흡사한 중원 세상에서는 4원소론과 음양오행론(陰陽五行論)이 여전히 대세를 이룬다.

이 세상에서는 오색론(五色論)이다. 오색(五色)이 만물의 근본이라는 생각이 정통을 잇고 있고 있는데, 이는 이 세상의 창세기(創世記)와도 아주 밀접한 관계가 있었다.

혼돈에서 태어난 태초 만물의 모신(母神) 뮬은 스스
로를 오색(五色)으로 나누어 세상을 창조하였다.

창세기에서 언급한 오색을 이 세상의 마법사(곧 철학가)
들이 세대가 흐르면서, 완전한 수 5로 대변되는 여러 추
상적인 의미들로 파악해왔다.

오색을 정의하는 방법에 따라, 마법사들의 계파는 거미
줄처럼 무수히 많이 나누어지는데 크게 두 가지 관점으로
나뉜다.

창세기에서 언급한 그대로, 만물의 근본을 색(色)에 두
는 입장 즉 유물론(唯物論)적 관점.

그리고 인간의 정신, 특히 오정(五情)을 추상적으로 언
급한 것으로 해석하는 입장 즉 유심론(唯心論)적 관점이
다.

란테모스는 유물론적 관점으로 세상을 보는 오성탑 마
법사 중 한 명으로 흑탑(黑塔)의 주인이다. 그래서 그의 마
법은 정신계 쪽이 아닌 물질계 마법이 주를 이루고 있다
는 것이다.

"그만."

란테모스는 나를 탐색하기 위해, 일부러 깊은 수준까지
들어가고 있었다.

그러나 결국 내게는 유물론과 유심론의 차이를 강연한 것에 불과했다. 이 세상에서는 접하기 어려운 관념일지는 몰라도, 현실 세상에서는 아니었다.

　"두 학파의 차이는 더 이상 설명할 것 없다. 바로 본론으로 넘어가라. 마법."

　"예……. 주.인.님."

제5장

오색론(五色論)

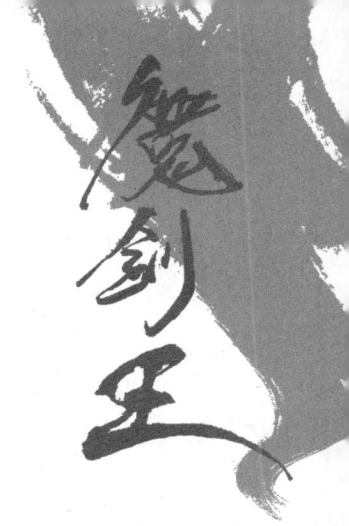

그날 새벽

수면은 더 이상 내게 생존을 위해 반드시 채워줘야만 하는 생리적 욕구가 아니다. 그럼에도 불구하고 매일 네 시간 이상씩을 자 왔다. 가족과 사랑하는 사람들이 나오는 꿈들은 지금 얻을 수 있는 유일한 안식이기 때문이었다.

바라왔던 대로 그날 꿈속에는 아버지가 나오셨다.

아버지는 상가단지 슈퍼마켓 사장 부부와 관리사무소 직원들의 진심 어린 축언(祝言)을 들으며 당신 아들의 사법고시 합격 현수막을 들고 아파트 입구에 서 계셨다.

아버지는 건축 현장에서 오랜 기간 일하셨다. 한전 직원들 못지않은 노련함으로 전신주를 타고 올라 현수막을 걸고 내려오신 아버지가 나를 돌아봤다. 그리고 나를 향해 언제 올 거냐고 물으시는 데, 나는 조만간 들리겠다고 대답했다.

꿈에서 깨고 난 후.

난 아버지의 얼굴을 기억하기 위해 몸부림쳤다. 분명히 꿈속에서 봤는데, 꿈이 늘 그렇듯 중요한 부분은 저편 어딘가로 사라지고 만다. 결국 아버지의 얼굴은 끝까지 생각나지 않았고, 다른 광경들도 차차 날아가 모든 게 희미해졌다.

팔에 따뜻한 체온이 닿았다.

내가 뒤척였기 때문인지, 엘라가 뒤척이다가 나와 닿은 것인지.

엘라가 내 가슴에 제 얼굴을 파묻어 왔다.

손가락을 살짝 튕기자 양초 잔에 불이 붙었다. 스름스름한 주홍빛 아래로 엘라의 마른 얼굴과 가냘픈 어깨가 드러났다.

그녀는 완전히 잠에 빠져들어 있었다.

그럴 수밖에 없게도, 지난밤 우리의 정사(情事)는 무척이나 격렬했다. 몸을 섞는 횟수가 늘어날수록 그녀는 성적 흥분을, 그러니까 성 에너지를 끌어올리는 방법을 깨달아갔다.

동굴에서는 제법 밤 기술이 뛰어난 손님을 맞이하는 식이었다면 어젯밤 마지막 수련에서는 사랑하는 연인에게 하듯이 했다.

사랑한다면 그 사람의 모든 것이 사랑스럽다. 머리카락 한 올 한 올부터 발가락 끝까지 사랑스럽지 않은 것이 없다.

마치 그런 것처럼, 그녀는 내 온몸을 제 품에 안았다.

의도적으로 그런 행위를 한 것이 아니라 몸이 시키는 대로 따라가다 보니 그렇게 된 것인데, 그런 행위가 흥분을 더욱 증폭시키는 법이다.

그렇게 끌어올린 성적 흥분이 성 에너지로 전환되고, 척추에서 타고 올라와 어느 일점에서 폭발되자 그녀는 까무러쳤다.

그리고 그다음부터는 한 번도 깨지 않고 이렇게 잠들어 있는 중이었다.

— 수련할 시간이다. 엘라.

엘라를 깨웠다.

그녀가 부스스 눈을 부비며 상체를 일으켰다.

눈에 잠이 가득하지만, 어쩐지 두 뺨에는 벌써 새초롬하게 빨개진 빛이 떠올랐다.

"예……. 주인님."

엘라는 양초 잔을 들고 밖으로 나갔다.

잠시 후 씻고 돌아온 그녀는 몸에 두른 두터운 모피가 무색하게도 덜덜 떨었다.

란테모스에게 저택의 온도를 항상 따뜻하게 유지하라고 명령했으나, 이날 아침에도 여전히 차가운 공기가 맴돌고 있었다.

아직은 여성다운 매력이라고는 좀처럼 찾아볼 수 없는 깡마른 여인이 두르고 있던 모피를 조심히 탁상에 걸쳐 놓고 침대 위로 기어 올라왔다.

그러나 난 그녀의 진짜 모습이 보였다.

그녀는 아름다운 여자다. 아직 봉우리를 터트리지 못했을 뿐이었다.

— 서로의 절정이 맞아떨어질수록, 할라를 움직이는 힘이 커진다. 그런데 지난밤에 넌 혼자 절정에 치달았고, 내 에너지를 끌어 올리지 못한 채 잠들어 버렸다. 그런 것은 내게 전혀 도움이 되지 않아.

"죄…… 송합니다……. 주인님."

— 우리가 하는 것은 수련이다. 성교(性交)로 만들지 말

거라. 내게 하등 도움이 되지 않는다면, 계속 너를 데리고
있을 이유도 없을 터. 명심하거라.

"부디 내치시지 말아 주세요."

눈물을 보였다면 더 크게 혼났을 것이나, 그녀도 이제
는 내 스타일을 어느 정도 파악하고 있었다.

"시작하겠습니다."

— 하거라.

우리는 서로에게 가까이 몸을 움직였다. 나신의 편한
자세로 앉아 서로를 마주보는 것으로, 그리고 서로의 성
적 긴장을 느끼는 것으로 수련의 시작을 알렸다.

그날 아침

이제 막 수련이 끝난 것이라서 엘라는 아직 여운이 가
시지 않았다.

얼굴이 전반적으로 발그스름하고, 그 안에 눈은 반개(半
開)한 꽃처럼 떠진 상태다. 그대로 늘어지게 잤으면 하는
게 사람 마음이라지만, 그녀는 이날도 어김없이 할 일이
많았다.

세 명밖에 거주하지 않고 큰 규모에 비해 들여놓은 가

구들이 단조롭기 그지없는 저택이라도 매일 같이 청소를 해야 하는 곳들이 있기 마련이다.

당장만 해도 내 목욕물을 준비하고, 더럽혀진 침대보도 갈고, 우리가 같이 쓰는 침실도 청소하고, 아침 식사도 준비해야 하지만.

란테모스의 저택에는 어떤 관리원도 없었다.

적어도 스무 명 이상의 하인이 필요할 저택에, 집안일을 할 사람이라곤 엘라뿐이었다.

엘라가 목욕물을 다 받아놓을 때쯤 해서 밖으로 나갔다.

욕실로 가려면 응접실을 통해야만 한다. 이날도 란테모스가 응접실 소파 위에 짜증 가득한 얼굴로 앉아 있었다.

역시나 그의 눈 밑이 퀭했다.

언제나처럼 잠을 통 이루지 못한 것 같았다.

밤은 한없이 고요하다. 자그마한 소리도 신경질적인 그의 고막을 건드리기 마련인데, 어김없이 잠들 무렵이면 저택 전체에 엘라의 교성(嬌聲)이 울려 퍼진다.

"일어나셨습니까? 주.인.님."

하루는 란테모스가 대놓고 물었던 적이 있었다.

나의 성적 취향이 일반인들과 다른 것이냐고. 어떻게 죽은 시체 같은 깡마른 추녀(醜女)에게 그런 대단한 욕정이 드는 것이냐고.

그러면서도 시시때때로 들려오는 여자의 간드러지는 소리가 늙은 마법사에게도 불씨를 지폈는지, 꽤나 힘들어하는 기색이 역력했다.

그것은 분명히 잠을 자지 못했기 때문만은 아니었다.

"란테모스. 왜 공기가 여전히 차갑지?"

사실 나와 란테모스는 주변의 기온에 영향을 받지 않는다.

집 내부 온도를 높여야만 한다면 그것은 오로지 엘라만을 위한 것이었다.

란테모스는 그의 위대한 마법을 천박하고 음탕한데다 추하기까지 한 창녀를 위해 쓸 수 없다고 말해 왔었다. 그래서 엘라에 관한 것이라면 꼭 두 번 세 번 언급해야 말을 듣는다.

"$\Psi\alpha\rho\mu$"

란테모스가 일그러진 얼굴로 마법의 주문을 외웠다.

이 세상으로 재현된 또 다른 기운이 란테모스를 중심으로 저택 내부의 공기들을 따뜻하게 데워 나가기 시작했다.

저택 내부가 곧장 훈훈해졌다.

식사는 하루에 두 번, 아침과 점심.

엘라와 겸상(兼床)하는 것을 그렇게도 싫어해 끼니를 걸러왔던 대마법사라고 하여도, 생리적 욕구를 채워야만 생존할 수 있는 인간의 범주에서 벗어나질 못했다.

란테모스는 같이 식사를 하자는 내 말에 못 이긴 채 소파 위에서 몸을 일으켰다.

조용한 가운데 은식기가 달그락거리는 소리만 났다.

"그놈은?"

"알아보는 중입니다. 주. 인. 님."

그날 점심

심장을 중심으로 쌓아 만든 기운의 층들은 마법사의 의식과 대자연의 의식을 잇기 위한 고리에 불과하다. 단전의 공력처럼 실제로 그 기운이 외부로 발출돼서 어떤 물리적 효과를 발생시키는 게 아니라, 대자연의 의식으로 들어가거나 메모라이즈 한 마법을 불러오는 목소리로 쓰인다.

부르는 목소리가 크면 들려오는 대답도 커지듯이 심장의 고리와 대자연의 의식도 비슷한 관계라는 게, 란테모스의 설명이었다.

그런데 흥미로운 점은 심장에 고리를 만드는 방식에 있다.

분명히 단전과 흡사하게도 기운을 담고 있으면서도 호흡법이나 약물에 의해서 쌓는 것이 아닌, 오로지 명상을 통해서만 고리를 만든다고 한다.

정확히 말하자면 마법사의 의식과 대자연의 의식이 공명(共鳴)한 상태에서, 대자연이 품고 있는 오색의 비밀을 풀게 된다면 고리를 만드는 법을 스스로 깨닫게 된다는 것이다.

그 비밀을 풀기 위해 어떤 계파는 만물의 법칙을 설명할 수 있는 절대 수식(數式)을 연구하고, 어떤 마법사들은 사색과 토론을 통해 정신의 그릇을 키운다고 설명했다.

사람마다 각각 의식 세계가 다 다르듯, 본인의 의식과 대자연의 의식이 공명된 상태 또한 모두가 다 다르다. 그래서 서클을 만드는 방법만큼은 하나로 규정된 수련법이 없다.

그렇다면 마법사간에 사제(師弟)관계가 형성되기 어렵다고 보일지 모르겠지만, 이곳 마법사의 스승들은 중원의 스승보다도 더 높은 위치에 있는 것 같다.

왜냐하면 공명된 의식 세계 안에서 실제로 인도자(引導者)의 역할을 하기 때문이라는데.

직접 겪어 보지 않고서는 쉽게 납득이 가지 않는 이야 기다.

나는 란테모스에게 내 의식과 대자연의 의식을 잇는 명 상법을 전수받은 그 직후, 곧바로 의식 세계 안으로 들어 갔다.

"……!"

그리고 이 세계에서 왜 그토록 오색(五色)이란 개념에 미쳐서 환장하는지 이해할 수 있었다.

마치 하얀 도화지 위에 다섯 가지 색 물감을 풀어 놓은 듯한 세계!

정신을 차리고 보니 의식세계 안으로 들어온 순간부터 나는, 그 속을 부유(浮游)하고 있었다.

이런 것이었군.

의식 세계에서 빠져나오자, 날 가만히 바라보고 있는 란테모스의 얼굴이 보였다.

란테모스의 의식이 성 마루스와 흡사하게 둥근 오팔 같 은 형태로 나타났다.

— 마법에 재능이 있으시군요. 주.인.님. 제 의식을 따 라오시면 됩니다.

란테모스는 이 세계 마법사의 전통대로, 나를 1 서클까 지 인도했다.

그날 저녁

엘라와 동침을 하면서 팔만팔천 개의 할라들 중에서 중완의 할라를 구심점으로 뒀다.

그리고 성 에너지를 폭발시키던 순간에도 오로지 중완의 할라에만 집중했다.

역시나 내 느낌이 맞았다.

심장에 똬리를 튼 고리가 중원의 할라에 쏠린 원기와 반응한다!

"하으윽."

나는 쾌락으로 바들바들 떠는 엘라를 내 몸에서 떼어놓고선, 몸 안에서 벌어지고 있는 이상 현상을 파고들었다.

사람은 누구나 지금보다 더 나아지길 원한다.

현실 세상에서는 어쩔 수 없이 과학이 그 자리를 대신하고 있으나, 중원에서는 후천진기로, 이슬람제국에서는 선천진기로 초인(超人)을 꿈꾼다.

단언컨대.

어떻게 다른 세상이라 할지라도 태생이 같은 인류라면 초인이 되는 길은 정해져 있다.

단지 그 방법이 선천진기냐, 후천진기냐의 차이일 뿐.

이 세계 마법사라는 사람들은…….

원기(元氣)

즉, 선천진기(先天眞氣)를 택하고 있었다.

*　　　*　　　*

"끌끌끌……."

란테모스는 실실 웃음을 흘리며 나를 똑바로 쳐다보고
있었다.

나를 보자마자, 내 심장에 쌓인 세 개의 고리 또한 눈치
챈 것이 분명했다.

"다음에는 또 무엇을 보여주실 겁니까. 주.인.님."

목적을 위해서라면 어떤 짓도 마다하지 않을 잔인한 눈
동자가 나를 따라 데굴데굴 움직였다. 놀라움과 호기심을
번질거린다.

란테모스의 탁상은 고시를 바로 앞둔 수험생의 것처럼
온갖 책과 메모지들로 가득했다. 책들은 몇 세대를 넘어
와서 잉크마저 희미하게 짓뭉겨져 있었지만, 메모지들은
달랐다. 모두 최근에 쓰인 것들로 당장 손가락으로 잉크
가 묻어 나오는 것까지 있었다.

나는 손가락에 점처럼 묻어나온 잉크를 바라보면서 말했다.

"나를 연구하고 있군."

"관찰입니다."

내게 책잡힐 어떤 것도 없다는 듯이, 란테모스는 낯빛 하나 변하지 않고 말했다.

그가 내 옆으로 다가왔다.

펜촉에 잉크를 묻혀서 메모지 위에 써진 글자 위에 쓱쓱 줄을 긋고, 그 밑으로 뭔가를 적어 넣기 시작했다.

"고대의 극(極) 마법사 아시오는 본인의 자서전에서 3 서클을 이룩하는데 반년이 걸렸다 밝혔습니다. 그것을 두고 지금까지도 많은 것들이 시끄럽게 굴지요. 잊을 만하면 꼭, 그 자서전을 빌미 삼아 아시오의 대업(大業)을 폄하하는 것들이 나옵니다. 아시오는 자서전에서 그 문장을 삭제했어야 했습니다. 3 서클을 이룩하는데 고작 반년밖에 걸리지 않았다니, 스스로를 신격화(神格化)했을 수밖에 없던 정국이었을지라도. 끌끌……. 그 한 문장 때문에 별것도 아닌 하찮은 것들에게 손가락질받고 있으니, 고분 속에서 통탄할 노릇일 겁니다."

말이 끝남과 동시에 메모지에 적혀 내려가던 문장도 일단락을 맺었다.

란테모스는 펜을 내려놓으면서 나를 쓰윽 올려다봤다.

"주.인.님.은 광증(狂症) 도진 마법사가 무슨 짓까지 하는지 아직 모르실 겁니다만……. 조만간 직접 보시게 될 겁니다."

지금까지처럼 으르렁거리는 투로 나를 노려보는 것도 아니었다.

란테모스는 씩 웃었다.

얼토당토않은 협박이라고 무시하고 넘기기에는 놈의 눈빛이 평상시와 달랐다.

내가 단 하루 만에 세 개의 고리를 만들고 나온 것이, 어딘가에 존재하는 또 다른 세상이나 드래곤의 존재 그리고 인간에게 속박된 반신보다도, 그를 미치게 만드는 요인일 것이다.

이해 못 할 일은 아니라고 생각했다.

드래곤이나 다른 세상은 현실에서 떨어진 형이상적인 존재라고 해도, 마법만큼은 지금까지 그가 살아온 세상이었다.

"들려주지."

란테모스는 그럴 줄 알았다는 것처럼 태연하게 고개를 끄덕였다.

그는 눈치가 빠르다. 내가 그 외에 다른 마법사를 염두에 두고 있지 않다는 것쯤은 진작에 눈치채고 있었을 것이다.

이미 말했지만 그는 눈치가 빠르다. 그가 뒤쪽 복도로 사라졌다가 한참이 지나서 돌아왔다. 먼지가 수북이 가라앉은 마법서들이 그의 품 안에 들려 있었다. 그의 얼굴을 가릴 만큼 높게 쌓여진 그것들을 탁상 위에 내려놓는다.

콰앙.

상당한 무게감을 자랑하는 소리가 메아리처럼 울렸다.

"1 서클부터 3 서클까지, 제가 첨삭(添削)을 단 마법서입니다."

"그렇다면 당장은 쓸모가 없겠군."

내 그 말에 란테모스는 소리 없이 웃었다.

"주.인.님.께 글 따위가 무슨 문제가 있겠습니까. 그래도 글을 익히실 때까지는 제가 곁에 있겠습니다."

란테모스가 협조적으로 나왔다.

확실히 내가 단 하루 만에 3 서클에 해당하는 고리를 만든 것이 그에게 큰 심경의 변화를 일으킨 것이었다.

그가 덧붙여 말했다.

"주.인.님.의 창녀가 아는 것이라고는 남자의 몸뿐이겠지요. 설사 글을 안다 해도 그것이 이 마법서를 볼 수 있는 날은 오지 않을 겁니다."

내 머릿속에 들어갔다 나왔던 것일까, 란테모스는 내 의중을 제대로 헤아리고 있었다.

그는 그렇게 말하고는 응접실의 소파로 향했다. 마치 고위 공무원 같은 자세로 소파에 편하게 몸을 기댄 후, 나를 눈짓으로 불렀다.

"어떻게 하신 겁니까? 주.인.님."

란테모스가 내가 맞은편 자리에 앉기를 기다렸다가 말했다.

어떻게 했어어어어!

눈빛만큼은 그렇게 절규하고 있지만, 소리는 지르지 않는다.

나는 그가 의도적으로 자세를 편하게 잡고, 목소리를 무겁게 흘리는 등, 자신을 자제하려는 모습에 큰 점수를 줬다. 녀석의 그런 모습에서 오늘을 기점으로 우리 관계에 많은 진척이 있을 거라는 확신이 들었다.

그래.

오늘이라면 될 것 같았다.

의도하지는 않았지만, 그는 내 말을 들을 준비가 되어 있었다.

짓누르는 힘이 커질수록 튀어 오르는 힘도 커지는 게 자연스러운 이치.

란테모스를 길잡이로 삼고 내 아래로 두기로 한 이상, 언제까지나 그를 힘으로 짓누를 수만은 없다고 생각해 왔었다. 그의 충성을 받지 못한다면 언제고 문제가 될 수밖에 없다.

마법사가 초인(超人)의 힘을 부린다고 해도, 그들 근본은 결국 학식자(學識子)다. 그들이 얻은 힘은 그들이 한 공부의 성취를 보여주는 결과라고 생각하는 게 맞을 것이다.

나는 이미 저명한 학식자의 마음을 얻은 바 있었다.

유주 선생((柳珠 先生).

그는 몇 세대를 앞선 사유의 결과물 앞에서 무릎을 꿇었었다.

과연 내 앞의 늙은 마법사는 어떻게 나올까?

"하룻밤에 세 개의 고리. 있을 수 없는 일이었을 테지?"

"그렇습니다."

"나는 네가 알려준 방식으로 고리를 만들지 않았다."

"의식 세계에 들어간 것이 아니라는 말씀이십니까? 주.인.님."

평소에도 그렇지만, 지금 이 순간은 더욱이 주인님이라 추정되는 단어에 부쩍 힘을 줘서 말했다.

"그전에 들려주고 싶은 이야기하고 있다. 너희들의 오색론(五色論)에 대해서."

"그러십시오."

그의 상체가 살짝 나를 향해 기울었다.

"만물은 오색의 색채(色彩)로 이루어져 있다, 이것이 너희 학파의 제1 주장. 그리고 반대 학파에서는 오색을 색채가 아닌 인간의 다섯 가지 감정으로 주장하지."

란테모스는 한 손으로 턱을 괴고 나를 바라봤다.

얼핏 보면 꽤나 공격적인 표정과 자세인데 가만히 바라보고 있으면 그 안에 담긴 무거운 집념과 학구열을 느낄 수가 있다.

나는 그 얼굴에서, 그가 마법을 연구하거나 오성탑의 마법사들과 어떤 주제에 대해 토론을 할 때 이런 얼굴을 하겠구나 하고 생각했다.

"그렇습니다."

"그렇다면 반대 학파에서는 이 세상을 인간의 다섯 가지 감정이 투영된 결과물이라고 본다는 것인데, 진정한 실제 또는 실제성을 논할 때면 결국……."

"신계(神界)로 설명합니다. 뮬의 사제들처럼."

란테모스가 가상의 반대 학파 마법사들을 비웃으며 말했다.

"그럴 테지. 하지만 나는 이해가 되지 않는군. 왜 아직까지 너희들이 논파(論破) 되지 않았을까?"

"무슨 말씀이십니까."

오늘은 이전과 달리 내게 협조적으로 굴기로 마음먹었던 그였다. 그러나 중원이라면 그의 사문(師門)을 공격하듯이 말하자, 그의 눈에서 불똥이 튀기는 건 어쩔 수 없는 일이었다.

"너희 학파는 이대로 가다가는 쇠퇴하고 말 것이다. 너희들이 논파 당하는 것은 시간문제. 너희들에겐 다행스럽게도 그들은 답을 가까이 두고도 보지 못하고 있더군."

"무슨 말씀이십니까."

"어제 나는 나의 의식과 대자연의 이식이 공명된 세상을 보았다. 그런데 그 명상법은 너희와 척을 지고 있는 반대 학파에서 동일하게 이루어지고 있지."

오로지 오색 빛깔로 이루어진 빛의 세계.

"솔직히 놀랍더군. 그건 이를테면 '절대 정신'의 실체였었다."

새로운 관념인 절대 정신이 언급되자, 란테모스는 조용히 내게 집중했다.

"내가 너희들을 논파(論破)하고자 하였다면, 오색을 오정이 아닌 절대자의 이념으로 보면서 시작할 것이다."

"크큭."

그러면 그렇지.

란테모스가 그런 식의 조소를 머금으며 웃음소리를 냈다. 그러면서 그는 몇백 년 전 반대 학파의 태동(胎動)이 바로 그렇게 시작되었다고 설명했다.

"주.인.님.께서 말씀하시는 바는 그들 스스로부터가 수백 년 전에 버린 것입니다. 낡디 낡은. 그래서 케케묵은 냄새까지 나는. 역한 주장. 끌끌."

나는 무시하고 말했다.

"사유의 사유. 절대자로서의 이념이 우주 만물에 외화되었다가, 자기 인식에 도달하는 정신. 그것이 절대 정신이다."

유주 선생이 그랬다. 그는 몇 글자로 이뤄진 문장만 듣고 그 안에 녹아들어 있는 학문의 심도(深度)를 알아차렸다.

"……."

지금 란테모스의 만면에 퍼지고 있는 당혹감은 그때의 유주 선생이 보여줬던 모습과 동일했다. 이제 그 당혹감이 경악으로 물들 것이다.

"역사는 어떤 과정으로 진행되어 왔는가?"

"……그게 무슨!"

뜬금없는 질문이 아니다.

그 물음이야말로 칸트, 피히테, 셸링을 집대성한 절대적 관념론의 대철학가, 헤겔의 철학을 이해할 수 있는 길이라 할 수 있었다.

나는 란테모스에게 헤겔의 철학을 역사의 진행 과정으로 풀어서 설명했다.

그 과정에서 인식론과 같은 독일 고전 철학의 주요 관념들이 설명될 수밖에 없었다.

란테모스는 경악했다. 수백 년이 지나야 나올 수 있을 사유의 결과물들이 내 입에서 물 흐르듯 나왔기 때문이다.

이윽고 헤겔 철학으로 오성탑의 유물론을 논파하는 것을 마쳤다.

그때 란테모스는 완전히 몽롱해져 있었다.

위대한 철학자들이 남겼던 관념과 그 관념을 계승하여 보다 발전한 관념들이 꼬리에 꼬리를 물면서, 그의 의식 안에서 넘실거리고 있을 것이다.

"자연…… 역사…… 국가…… 법……. 그 모든 것이……."

란테모스가 중얼거렸다.

그렇다.

그 모든 것이 근세의 위대한 철학자, 헤겔의 철학으로
설명이 된다.

몽롱한 그 얼굴로 나를 쳐다보는 란테모스. 나를 향한
눈빛이 변했다.

그동안 그가 굳게 믿어 왔던 신념과도 같은 주장이 무
너졌음에도 불구하고, 그는 충격받지 않았다. 그 충격을
압도하는 더 큰 감동이 그를 전율시킨 것이다.

이미 활활 타오르고 있는 불에 기름을 더 부어줄 때가
왔다.

마지막이다.

"완벽하게 보일 테지. 너희 학파는 산산조각, 논파 되
어서 다시는 일어서지 못할 것이라 생각할 것이다. 하지
만 또 들려주지. 그 완벽해 보이는 주장에도 빈틈이 있
다."

헤겔 철학을 비판했던 대표 주자는 철학자 포이에르바
하다.

"그, 그런 게 있을 리가."

란테모스가 중얼거렸다.

"있을 리가아……."

란테모스가 흘리는 말꼬리는 꼭, 절정에 이른 여성의
교성처럼 들렸다

몇 세대를 앞선 사유의 결과물들.

무인들은 힘으로 굴복시키지만 학식자는?

란테모스는 그가 느낄 수 있는 최고의 흥분과 절정 속에 어쩔 줄을 몰라 하고 있었다.

＊　　　＊　　　＊

이 세상에는 대자연의 기운을 품고 있는 언어가 존재했다.

바로 약어(約語)와 약문(約文)이 그것인데.

창조모신인 뮬과 다섯 신이 그들의 창조물들에게 선사한 선물이었든, 원시시대 때 자연 발생했든, 그 연원과는 상관없이 약어와 약문의 존재 자체만으로 큰 충격을 받았다.

물론 대자연의 기운은 만물에 깃들어 있다. 그런데 지성체(知性體)의 사회 관습체계에 불과한 언어 속에, 대자연의 기운이 깃들 수가 있다는 것은, 기존에 내가 학습해 왔던 것들을 모조리 무너트리는 충격적인 현상이었다.

약문으로 써진 마법서를 폈을 때 얼마나 놀랐는지 모른다. 내게는 글자 하나하나가 살아 있는 생물처럼 보였다.

그날부터 나는 엘라와의 할라 수련 외 시간 전부를 약

어와 그것을 표기하는 약문(約文)들을 파고드는 데 써왔다.

그 결과 란테모스의 도움 없이 마법서를 홀로 읽을 수 있는 날이 왔다. 명왕단천공으로 왕성해진 두뇌의 움직임이 아니었다면, 몇 달이 걸릴지 모를 일이었다.

"다시 보시지 않으셔도 되겠습니까?"

내게 논파되었던 그날 이후로 협조적으로 변한 늙은 마법사가 흥미로운 빛을 띄우며 나를 쳐다봤다. 무엇을 또 보여줄 것이냐, 그런 노골적인 기대를 드러내면서 말이다.

나는 대답 대신 마법서를 덮었다. 두터운 표지와 함께 페이지들이 한 번에 넘어가면서 퍽, 하고 꽤나 큰 소리를 울렸다.

"역시."

란테모스가 마법서 표지를 흘깃 쳐다보고는 눈꼬리를 말아 감았다.

란테모스의 학파에서는 마법을 다섯 가지로 구분한다.

청마법, 황마법, 적마법, 백마법, 흑마법.

이는 오색론(五色論)에 입각한 것인데 사실, 외부에서 발현되는 마법의 색채는 정확히 그 다섯 가지 색으로만 한정되어 있었다.

란테모스가 흑마법의 대가라고 해도, 나는 백마법을 익혀야 할 다섯 가지 마법 계열들 중에서 제일 우선순위에 두었다.

왜냐하면 백마법이 다루고 있는 여러 영역들 중에 치유 마법이 포함되어 있었고, 당장 가장 쓸모가 있을 마법이 치유마법이라는 것에는 어떠한 의심도 없었기 때문이었다.

부상을 입은 그때마다 즉각 치유를 하면서 싸운다. 지금의 전력을 몇 배나 증강시킬 수 있으리라.

"지금 해보실 겁니까?"

란테모스는 그렇게 내뱉고는 그의 서재에 들어갔다 나왔다.

그가 쫙 펼쳐진 손바닥을 내 앞으로 내밀어 보였다. 그 안으로 엄지 뿌리부터 새끼 뿌리까지 대각선으로 쫙 찢어진 상처가 보였다.

피부만 벤 것이 아니라 근육까지 깊게 갈라놓아서 상처가 크게 벌어져 있다. 또한 손바닥을 살짝 기울여 놓은 탓에 상처에서 나온 핏물들이 바닥으로 뚝뚝 떨어지고 있는 참이었다.

나는 서 있던 그 자리에서 바로 의식 세계로 들어갔다.

대자연의 의식 세계가 곧장 나의 의식 세계와 공명을

이룬다.

어김없이 다섯 색채들이 세상을 물들이며 나를 그 안으로 유영(遊泳)시켰다. 인상주의 화가들의 화풍을 연상시키는 색채의 세상 안이다.

치유 마법 주문을 읊었다. 정확히 말하자면 의식 세계 안의 내가 아닌 외부의 육신, 입술만이 소리를 내고 있다고 할 수 있다. 들리지는 않지만 알 수 있다. 내가 말하고 있다는 것을…….

나를 둘러싼 세상의 다섯 가지 빛깔들이 반응을 보이고 있는 게 그 증거였다.

하얀 색채가 조금씩 다른 색채들을 밀어낸다. 밀물로 밀려들어 오는 파도처럼, 파랗고 빨간 그리고 거무튀튀한 빛들이 세상 끝으로 번져간다.

이윽고 세상이 온통 새하얗게 변한 그때.

"Νοβλε Ψηυτε Τελλ με γωθρ ανςψερ"

주문의 끝자락!

내 육신이 읊고 있던 마법 주문들이 들려오기 시작했다.

그런데 그것은 마치 내 목소리가 아닌 것처럼 느껴졌다. 길을 잃지 말고 잘 따라오라는 어떤 선한 존재의 부름 같았다.

"Ηε α λ Hα ν δ "

시동어를 끝으로 눈이 번쩍 떠졌다.

하얀빛에 감겨진 오른손이 제일 먼저 시선 안으로 들어왔다.

나는 손을 앞뒤로 돌려가면서 하얀 빛을 살펴봤다. 확실히 내 기운이 아니다. 대자연의 기운이 내 손에 머무르고 있다. 아니, 힘을 빌려주고 있다는 것이 더 정확한 표현이다.

그 손을 란테모스의 손바닥 상처 위에 올려놓자, 벌어졌던 근육이 닫히고 표피가 아물었다. 외과적 시술 없이 그저 손을 올리는 간단한 동작만으로 완벽한 치료가 이루어진 것이다.

란테모스는 다시 맨들맨들해진 제 손바닥 안을 쳐다보며 가만히 있었다.

그의 침묵은 꽤 인상적이었다.

살짝 찌푸려진 미간, 놀란 기색을 드러내지 않으려고 꽉 다물고 있는 듯한 입, 살며시 흔들거리는 눈동자, 그런 반응들에서 그가 뭔가를 심각하게 생각하고 있다는 것이 느껴졌다.

"무엇이 문제지?"

나는 완전히 굳어버린 란테모스의 얼굴을 보며 소리 없

이 웃었다.

란테모스는 침묵으로 일관했다. 그는 흐릿한 시선으로 앞만 바라보다가, 한 번씩 눈을 치켜떠서 내 얼굴을 확인하곤 했다.

나는 그가 그러는 이유를 알고 있었다. 아마도 대마법사의 경지에 이르렀다고 해도, 상대 마법사의 서클을 읽을 수 있는 한계는 3 서클까지인 모양이다.

그러면 이야기가 딱 맞아 떨어진다.

내가 심장에 다섯 개의 고리를 만든 것은 꽤 오래전의 일이었다.

"극(極) 힐 핸드를 앞에 두고. 끌끌……."

한참 끝에 란테모스가 입을 열었다.

"고작 손바닥을 긋고 왔다니, 제가 우스웠겠습니다."

결코 석연치 않은 웃음.

패자의 얼굴에 물든 패색(敗色) 같은 것이 그의 부자연스런 입꼬리 끝에 걸렸다.

"언제부터였습니까?"

"논파(論破)가 있었던 그날 밤."

"몇 서클이십니까?"

"5 서클."

란테모스는 조용히 자리에서 일어났다.

그리고는 그날처럼 먼지가 쌓인 마법서들을 한 아름 안고서 돌아왔다. 그렇게 세 번 정도 날려진 마법서는 책상 면만으로는 부족해 바닥에도 쌓아둬야 할 정도로 상당했다.

콧속이 간지러웠다.

낡은 책 냄새와 눈에 보이지 않는 케케묵은 먼지들 때문인 것 같았다.

"에취!"

근처에 있던 엘라가 재채기를 했다.

란테모스의 시선이 바닥을 닦고 있던 엘라에게서 잠깐 고정되었다.

그간 엘라는 몰라보게 변했다.

당장 흘러내린 윗옷 안으로 보이는 앞가슴만 해도, 도톰하게 살이 오른 것을 확인할 수 있다. 윤기로 반질거리고 있는 것이, 봉긋하니 채워진 그 안의 탄력을 자랑하고 있었다.

그런데 그 변화를 모를 리 없던 란테모스였으나 거기에 대해선 한 번도 언급한 적이 없었다. 지금처럼 어쩌다 한 번 눈에 들어오면, 잠깐 살펴보는 게 전부였다.

"텔레포트는?"

내가 물었다.

엘라를 향했던 무심한 눈이 내 쪽으로 스윽 움직였다.

그는 하고 싶은 말이 많은 것처럼 보였다. 그러나 어떤 말도 내뱉지 않고서는 마법서 하나를 끄집어내 책상 위에 올려놓았다.

손에 잡히는 대로 페이지들을 대충 넘기면서 훑어 봤다.

아니나 다를까.

베개로 삼아도 좋을 만큼 두꺼운 그 마법서는 오로지 텔레포트만을 다루고 있었는데, 페이지 수만 해도 1,000이 넘어갔다.

힐 핸드를 익히기 위해 들였던 기간은 약어와 약문을 익히는 시간들을 감안하고 계산했을 때, 대략 일 개월쯤이라 추정된다. 그런데 힐 핸드를 다뤘던 분량은 텔레포트를 다뤘던 분량에 비해 반의반의 반도 되지 않았다.

그게 문제다. 페이지 수를 조건으로 단순 계산만 해도, 텔레포트를 익히기 위해 드는 시간은 힐 핸드의 약 10배다.

그런데 더 큰 문제는 마법은 일종의 철학으로서 수학도 아니고 물리도 아닌지라, 위와 같은 단순 계산법으로는 익히는 시간을 결코 추정할 수 없다는 데에 있다.

주문 암기는 전체 학습량에서 극히 일부분에 속할 뿐이

지, 그 마법을 익히기 위해서는 마법 주문에 얽힌 철학을 파고들어야 했다.

그래서 마법서의 구성은 전체 주문을 한 문장씩 쪼개서 해석을 달아가는 식으로 이루어져 있다.

예컨대 힐 핸드 마법 주문의 전체 글자 수는 약 2,000자다.

그 2,000자에 달하는 마법 주문을 해석하기 위해, 주석(註釋)으로 15만 자가 넘는 글자가 쓰였다.

"텔레포트. 주문이 몇 자인가?"

"18,300 자입니다."

누르면 캔 음료를 토해내는 자판기처럼, 란테모스가 즉각 대답했다.

만 팔천삼백 자라……

주문을 읊는 시간, 그러니까 힐 핸드 같은 경우에는 시전 시간이 5분 내외인 반면에 텔레포트는 45분이 걸린다.

그 45분이라는 시전 시간도 4대 성공 조건들이 완벽히 갖춰졌을 때 그렇다는 것이다.

읊는 주문이 한 글자도 틀리지 말 것, 평상심이 유지되어 있을 것, 외부의 자극이 없을 것, 그리고 그 마법의 철학을 완전히 깨닫고 있을 것.

4대 성공 조건 중 하나 이상이 성립하지 않은데 무리하게 마법을 시전하려 한다면, 마법사의 의식 세계는 정도에 따른 타격을 받고 시전 또한 끊기게 된다.

"방대하군. 오래 걸리겠어. 속성법은 없나?"

나는 솔직한 심정을 토로했다. 그러나 란테모스는 조금도 공감하지 못하겠다는 듯, 왼쪽 눈 밑의 근육을 꿈틀거렸다.

"욕심이 과하면 화를 부른다. 주.인.님.께서 하신 말씀이십니다."

내게 논파당한 이후로, 그는 내가 거쳐 왔던 세상들과 내 힘의 정체에 대해 궁금해 왔다. 처음에는 그의 지적 호기심을 풀어줄까 해서 흑천마검과 백운신검 등 몇 가지 들려주었지만 그는 결코 만족하는 법이 없었다.

그때 나온 말이 그 말이었다.

"잘 기억하고 있군. 그렇게 잘 기억하면서 중요한 명령은 까맣게 잊은 것이냐?"

"말씀하신 마루스인은 찾았습니다."

뭐?

"찾았으면 진작 보고했어야 했을 일이다. 나를 실망시키고 있다. 란테모스."

옥제황월의 신분을 알아냈다니!

눈이 부릅떠졌다.

"찾았습니다만."

"다만?"

"한 명을 확정 지은 후에 보고 드리려 했습니다. 이렇게 되었으니 물어봐 주십시오. 그 마루스인이 주인님의 세상에 있을 때, 이 세상의 시간이 어떻게 되었는지 말입니다. 아니, 제가 물어보겠습니다. 가능하시다면……. 그 분을…… 불러 주십시오."

란테모스가 벽에 걸린 흑천마검을 그답지 않게 두려운 눈길로 쳐다봤다.

"흑천마검."

스으으.

그 순간, 란테모스와 내 중간에 위치한 바닥에서 키 큰 사내가 솟아 나왔다.

란테모스는 실로 오랜만에 모습을 드러낸 이 반신을 향해 허리를 숙였다.

"위대한 존재시여. 마루스인이 이 세상을 떠나 있는 동안, 이 세상의 시간은 어떻게 되었습니까. 멈춰 있었습니까? 흐르고 있었습니까?"

"거울아. 거울아. 이 세상에서 누가 제일 예쁘니."

"예?"

"이 몸이 그렇게 보이던가? 너희 하찮은 것들이 물으면

답을 들려줘야만 하는 것처럼? 건방지긴 짝이 없군."

화악!

흑천마검의 입이 위아래로 쫙 벌어졌다. 뱀처럼 턱뼈가 없는 듯, 핵미사일을 삼켰던 그때처럼 괴기하게 벌려진 입이 순식간에 란테모스를 집어삼켰다.

흑천마검이 그대로 눈만 굴려서 나를 쳐다봤다. 그 눈 안에 가득 찬 짜증이 느껴졌다.

"옥제황월이 중원에 있던 동안 이 세상의 시간은 어떻게 됐지? 너와 나. 우리의 일이다. 그 불쌍한 놈은 그만 괴롭히고."

제6장

반격(反擊)

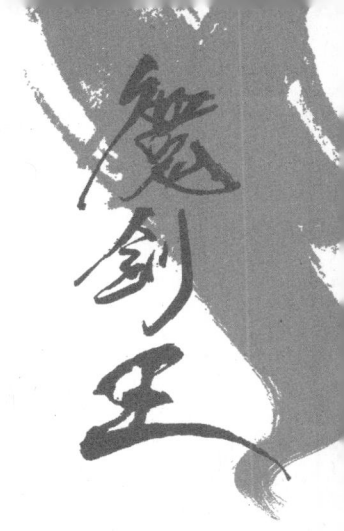

멈춰 버린 세상은 죽어 있는 것과 다름없다, 라는 생각 말입니다. 본인의 고향이 지금 그렇습니다.

지난 시간대.

설아를 잃은 다음, 현실 세상으로 돌아간 나는 옥제황월이 남기고 간 편지를 받았었다. 거기에는 그가 자신의 고향 세상을 어떻게 생각하고 있는지 드러나 있었다.

하지만 이제 와서 돌이켜 생각해 보면 의문이 든다.

옥제황월이 중원에 있는 동안 그의 고향 세상은 정말 멈춰 버린 것일까?

그 문제를 두고 란테모스와 깊은 이야기를 나눈 적이
있었다.

내가 겪기로는 흑천마검과 눈을 뜬 백운신검이 있는 곳
에서만 시간이 흘렀다.

역으로 생각해보자면 흑천마검과 백운신검이 없는 세상
은 멈춰 있어야 한다. 지금 상태의 현실 세상이나 중원처
럼 말이다.

그러나 옥제황월은 초년에 중원으로 넘어가게 된 이유
가 흑천마검이나 백운신검에 의해서가 아닌, 그의 고향
세상에 있던 힘 때문이라고 스스로 밝힌 바 있었다.

그렇다면 옥제황월이 초년의 삶을 살고 있던 이 세상은
당시에 흑천마검과 백운신검이 존재하지 않았으면서도 시
간이 흐르고 있었다는 것이 된다. 그 추정은 흑천마검과
백운신검이 있어야만 시간이 흐를 수 있다는 사실과 모순
을 이룬다.

란테모스가 내가 내세운 가정(두 반신이 머무는 곳에 따라
시간의 흐름이 결정지어진다)에 반론을 내놓았었다.

두 반신에 모든 시공간이 좌지우지되기에는 이 우주가
너무 크다는 것이다. (이 세상은 인류가 사는 두 행성이 가시
거리 안의 우주공간에서 서로 존재하는 만큼 천문학이 발달되어
있었다.)

그러면서 덧붙이기를 어떤 반신도 없던 내 현실 세상은 어떻게 역사와 시간을 이어 왔냐는 것이다.

물론 두 반신 중 하나가 꾸준히 간섭해 왔다면 가능치도 못한 이야기는 아니었으나, 적어도 흑천마검 만큼은 내 이전에 현실 세상으로 왔던 적이 없었다. 백운신검도 크게 다르지 않을 거라고 생각한다.

그러면 현실 세상도 옥제황월이 초년에 머물렀던 고향 세상처럼, 두 반신의 유무와는 상관없이 시간이 계속 흐른 것이 된다.

결국 시간의 흐름이 간섭받기 시작된 시점은 흑천마검이 현실 세상에 개입하게 되면서부터였다.

이상으로 우리는 다음과 같이 결론을 정리했다.

두 반신이 머무는 곳에 따라 시간의 흐름이 결정지어진다. 단, 두 반신이 한 번이라도 개입된 세상일 경우로 한정된다.

고로 옥제황월이 중원으로 넘어갔던 것이 두 반신의 힘 때문이 아닌 온전히 이 세상의 힘으로만 이루어졌다는 가정 하에선, 이 세상의 시간은 꾸준히 흐르고 있던 것이고 옥제황월의 기존의 믿음은 착오에서 비롯된 것이다.

그러나 나도 란테모스도 그 결론에 대해 자신이 없었다.

시간의 흐름에 대해서 우리가 알고 있는 사실이 너무 적을뿐더러, 실제로 시간의 흐름을 좌지우지하고 있는 두 반신 앞에선 어떤 가정과 결론도 무색해진다는 사실 또한 알고 있었기 때문이다.

우리의 논리가 아닌, 오로지 흑천마검을 직접 통해서만 답을 들을 수 있다.

"돌려놔."

나는 흑천마검을 바라보며 재차 말했다.

"날 굶기지 않을 거라고 했던 것 같은데."

흑천마검이 란테모스를 입속에 담은 채 웅얼거렸다.

"진짜 배가 고파지면, 그때 원하는 걸 주지. 핵이든 뭐든."

"더 근사한 것이 있지."

"어떤?"

"인과율의 조각."

드래곤을 떠올린 흑천마검의 표정이 흉포해졌다. 마침 B급 호러 영화에나 나올법한 괴기스런 얼굴 형태까지 보태져서 드래곤을 향한 적의가 적나라하게 드러나고 있었다.

"잡으면 주지. 그러니 불쌍한 노인은 그만 돌려놓지 그래."

흑천마검이 큰 입속에 담고 있던 것을 뱉었다. 바닥에 축 늘어진 란테모스는 어떤 미동도 없이 두 눈만 끔벅끔벅거렸다.

흑천마검의 입안에 있을 때 무엇을 봤는지는 몰라도, 란테모스는 완전히 혼이 나가 있었다. 이지(理智)를 상실한 눈이 공허한 허공만 멍하니 바라본다.

나는 정말로 그가 미쳐 버린 게 아닐까 걱정됐다.

흑천마검이 그를 발끝으로 툭툭 건드렸다. 란테모스가 좀비처럼 몸을 일으켰다.

일어선 뒤에도 눈빛은 여전히 흐렸다.

"늙은 인간."

흑천마검이 말했다.

"예……."

란테모스가 떨면서 대답했다.

"하찮은 주제도 모르고 건방지게 굴던데."

"그……. 그렇습니까."

"녀석과 늙은 인간 너, 둘 다 하찮기로는 비등비등하겠지만 하찮음 중에도 순위를 매기자면 네놈이 더 하찮고 또 하찮다. 저 녀석이 저래 봬도 이 몸하고는 막역한 사이, 네놈과는 근본이 다르지. 그런데도 넌 계속 저 녀석과 비교를 하려 들더군."

"명심……하겠습니다. 위대한 존재시여. 숙이고……. 또 숙이겠습니다."

"그런 모습을 다시 한 번이라도 보이면 공허 속에 던져 버릴 것이다. 네놈은 알고 있지. 공허가 어디인지."

그렇지 않아도 반쯤 정신이 나가 있던 란테모스였는데, 거기에 얼굴이 더 새하얗게 질렸다.

"가뜩이나 이 세상 모든 게 짜증 나는데, 네깟 하찮은 것 따위까지 이 몸의 심기를 거슬러서는 아니 될 것이다."

공허가 무엇인지.

란테모스는 차마 입술조차 떼지 못하고 있었다.

흑천마검이 그런 란테모스를 노려보다가 내 쪽으로 고개를 돌렸다.

"시간 낭비가 싫다면 이놈부터 잘 관리해."

흑천마검이 말했다.

"충분히 협조적이다. 본론으로 돌아가지. 옥제황월이 중원에 있는 동안 이 세상의 시간은?"

"이미 알고 있으면서 뭘 묻지?"

"흘러갔다? 역시 너희들이 개입되면, 그 세상의 시간은 너희들의 존재에 속박되는 것인가?"

"크큭."

흑천마검이 싸늘하게 웃는 걸로 대답을 대신했다.

"……!"

이제 알겠다.

　　인과율이 근본인 것들이다. 저런 것들은 이 몸이나
　그년 같은 존재를 싫어하지. 우리는 불완전하니까.

흑천마검이 드래곤을 두고 했던 말이 뇌리를 스치고 지
나갔다.

"드래곤도 한 번 너희들에게 간섭된 시간만큼은 어쩔
수 없는 모양이군."

"그래봤자 조각일 뿐이니까."

"그래서였군. 그것들은 백운신검을 두둔하고 있는 게
아니었어."

옥제황월이 본래 이 세상 사람이라서, 옥제황월과 백운
신검을 우리로부터 보호하고 있다. 그 가정은 너무도 단
순해서 한쪽으로 치워두고 있었는데 존재를 모르고 있던
퍼즐 조각을 찾고 나니 사실이 보인다.

"백운신검은 붙잡혀 있는 꼴이군! 겉으로는 어떻게 보

일지 몰라도."

"크크크."

흑천마검이 날카로운 이빨을 훤히 드러내며 괴기스럽게
웃었다.

"큭큭."

어쩐지 나도 흑천마검과 비슷하게 웃고 있었다. 란테모
스가 그런 우리를 보며 슬그머니 뒤로 몇 발자국 물러났
다.

잠시 후.

얼굴에 띤 조소(嘲笑)를 싹 지우며 물었다.

"너희 둘 중 하나를 붙잡아둬야만 이 세상의 시간을 유
지시킬 수 있다면, 상대적으로 약한 백운신검을 붙잡아
두겠다? 애초부터 백운신검이 먼저 이 세상에 오기도 했
고. 왜 진작 그 사실을 알려주지 않았지?"

"그랬다고 달라지는 건 없다. 애송이. 그 계집은 조각
들 사이에서 나오지 않을 거다."

"요는 내가 진실을 알았다는 것이다. 옥제황월이 어떻
게 되었을지 궁금하군. 내가 드래곤이라면 옥제황월과 백
운신검을 붙여 두지 않았을 텐데."

"강제로 떼어 놓을 수 있다고 생각하나?"

"그 정도 힘은 있다는 것인가? 역시 합일(合一)인 건

가……. 거기까지 아슬아슬하게 균형을 유지하고 있다니, 더 잘됐어."

"뭘 꾸미고 있는 거냐. 애송이."

"시간을 벌 것이다."

"분명히 말해 주마. 네 녀석 힘만으로는 그것들을 상대할 수 없다."

"크큭. 빤히 보인다고 말했을 텐데. 한 걸음. 한 걸음만 더 유인하면 되는데 그지? 무공에 마법이 보태지면 네가 필요해질 날이 올까? 걱정 마. 다시 말하지만 네 배는 항상 채워주지."

"애송아."

흑천마검이 귀신과도 같은 얼굴을 내 앞으로 들이밀었다.

점액질이 거미줄처럼 찐득하게 얽힌 녀석의 입술 사이.

쑤욱.

그 사이로 긴 혓바닥이 미끄러지며 나왔다. 그리고는 내가 어쩌지 못할 빠른 속도로 내 뺨을 훑고 지나갔다.

"귀여워."

흑천마검은 더러운 짓을 하고 나서 마검의 형상으로 돌아갔다.

나는 녀석의 혀가 닿았던 부분을 손바닥으로 짓이기듯 닦으면서 란테모스를 쳐다봤다. 그는 흑천마검이 줬던 공포에서 아직까지 헤어나질 못하고 있었다.

　"란테모스."

　내가 재차 부른 끝에, 그가 정상적이지 않은 걸음으로 다가왔다.

　"공허가 무엇이기에 그리 겁을 먹지?"

　그를 지옥 끝까지 끌고 갔던 것의 정체가 궁금했다.

　"잠깐이지만 봤습니다. 그건 공허였습니다."

　"정신 차려라."

　"모르…… 십니까?"

　란테모스는 내가 공허에 대해서 모르고 있다는 것이 이해가 되지 않는 일인 듯, 깊은 의구심을 그의 얼굴 위로 떠올렸다.

　"차원과 차원 사이의……."

　지금 상태로는 대화가 통하지 않을 것 같았다.

　나는 란테모스에게 정신을 회복할 시간을 줬다.

　이윽고 정신을 차린 그를 앞에 두고 물었다.

　"정신이 그리 나가 있었으니, 못 들었겠군. 시간은 계속 흐르고 있었다."

　"그렇다면 말씀드릴 수 있습니다. 주.인.님.께서 찾는 마루스인의 이름은 '슈베르트 카이저 쉴트' 입니다."

이 세상에서 퍼스트 네임은 아버지의 이름을 따오고, 미들 네임은 보통 직업이나 지위에 따라 결정되고, 라스트 네임은 아버지가 아들에게 바라는 상(想)을 이름으로 붙여준다.

물론 가문의 이름도 존재하나, 그것은 공식석상에서 나 거론될 뿐 사람들 사이에 회자되는 풀네임 안에서는 철저하게 제외된다.

"오십 년 전, 절명(絶命)했다던 황태자로 추정됩니다. 마루스 대제국의."

란테모스가 그렇게 말하며 뭔가를 책상 위에 펼쳤다. 가계도였다. 제국 황가의 문장 아래 수많은 이름들이 그 물망을 타고 쭉 뻗어 나온다.

"역시나 그랬던가! 제 나라를 끔찍이도 생각하더니."

"이제 어쩌실 생각이십니까?"

끝이 보이지 않는 싸움에서 가장 단순하고 효과적인 전략이 있다.

그리고 그 단순한 전략의 놀라운 점은 상대의 행동을 강제(強制)한다는 것이다.

적진 안에서의 싸움.

나는 얽히고설킨 가계도 안의 황가 문장을 툭툭 건드리

며 말했다.

"반격(反擊)."

* * *

이제는 내가 패를 돌릴 차례다.

"란테모스."

"예."

"지금부터 계획을 말해 주지. 이번 계획이 성공한다면,
너 또한 그에 상응하는 대가를 받을 수 있을 것이다."

"말씀해 주십시오. 주.인.님."

나는 한 남자의 얼굴을 떠올렸다.

동양인의 검은 머리칼에 눈동자를 하고 있었으면서도,
그리스의 조각을 연상시킬 만큼 날카롭고 높게 뻗은 콧날
이 제일 먼저 생각났다.

그다음으로 시원하게 이글거리는 눈매와 주름 하나 없
이 사기그릇 빛깔을 품은 피부 그리고 뚜렷한 이목구비로
이루어진 얼굴 전체가 바로 눈앞에 둔 것처럼 또렷하게
기억났다.

팔등신 체격마저 완전히 떠올리고 나자 온몸에서 뼈마
디가 울리는 소리가 나기 시작했다.

드드득. 드득.

어떻게 잊을 수가 있을까? 이미 한 번을 죽였지만, 시간의 아이러니 속에 다시 부활한 자. 나는 놈으로 변했다.

란테모스는 내가 옥제황월로 변해가는 과정을 큰 눈을 뜨고 지켜봤다.

뼈마디를 울리던 소리가 멎었다. 이완과 수축을 반복하던 근육의 시큰거림까지 사그라졌다.

"……."

고개를 설레설레 젓고 있는 란테모스의 모습이 밝아진 시야 안으로 들어왔다.

란테모스는 뭔가를 물으려다가, 지금껏 그래 왔듯이 침묵으로 일관했다. 그래도 온갖 의문들이 그의 낡은 얼굴 위에서 날뛰는 것만큼은 막지 못했다.

"생긴 것만큼은 잘생긴 놈이지."

그래서 옥제(玉帝)였다.

"네 생각이 맞다. 이놈이 바로 내 숙적."

나는 내 얼굴을 가리키며 말했다.

"네가 할 일은 이제, 이놈에 관한 것이라면 모조리 알아내는 것이다. 오십 년 전의 과거 행적, 당시의 사건, 형제들과의 관계, 취미, 취향, 좋아하는 것, 싫어하는 것 등, 일체 전부 다 빠짐없이 말이다. 놈의 지위와 놈이 오십 년

전 인물이라는 것을 감안하면 쉽지 않을 일이라는 것을
안다. 약속하지. 성공하게 되면 상응하는 대가를 주마."

"황성에 들어가실 생각이십니까?"

역시 란테모스는 눈치가 빨랐다.

"그래. 이놈이 잃어버렸던 자리를 차지할 것이다. 놈보
다 먼저 대 마루스 제국의 황좌(皇座)를……."

나는 배우가 되고, 란테모스가 각본을 짠다.

"그러십시오. 주.인.님."

란테모스는 그 임무를 흔쾌히 받아들였다. 내가 약속한
대가와는 상관없이 다른 시공간으로 넘어갔었다는 인물은
이미 그에게도 큰 관심사였다.

그리고 무엇보다 란테모스 또한 우리가 황성을 차지하
게 된다면, 혹은 그 안에서 머물 수만 있게 되어도 드래곤
의 위협에서 지금보다는 안전해질 수 있을 거라고 기대하
고 있었다.

언제 퍼부어 내릴지 모를 우주 먼지가 그에게도 적지
않은 스트레스가 되었던 것 같다.

드래곤은 옥제황월의 모국인 제국 수도(首都) 위에 우주
공간을 열 수 있을까? 그래서 그때처럼 나를 죽이기 위해
유성체를 떨어트릴 수 있을까?

황성을 부수고 수도에 거주 중인 제국민 수백만 명을

몰살하면서까지? 과연 그런 일을 옥제황월이 두고만 볼까?

옥제황월로 역용해서 황궁으로 들어가겠다는 생각은 놈들의 의표(意表)를 충분히 찌를 것이다.

계획이 성공하든 하지 못하든; 이쪽에는 손해 볼 것이 없다.

계획 그 자체만으로 시간을 벌 수 있을 것이며, 그 과정에서 지금은 생각할 수 없는 어떤 황금 같은 기회를 선사해줄지도 모르는 일이었다.

"벌써부터 놈들의 반응이 기대되는군. 크크크."

이쪽에서는 손해 볼 게 없다.

*   *   *

마법을 시전하는 방식은 광석을 캐는 작업으로 쉽게 비유될 수 있다.

의식세계는 갱도로, 서클은 들어갈 수 있는 한계 갱도의 깊이로, 곡괭이는 그 마법 철학의 이해로 말이다.

그런 맥락에서 메모라이즈는 캐놓은 광석을 수레에 비축해 놓는 작업이라 할 수 있다.

한 번 수레에 담아 놓은 광석은 기한에 한계 없이 언제고 꺼내서 쓸 수 있다지만, 수레의 총 용량은 그렇지 않다.

광석이 크면 클수록 수레를 차지하는 비율이 커지고, 당연하겠지만 수레의 빈 공간도 줄어들게 된다. 한계 용량이 가득 채워진 수레에는 광석을 더 실을 수 없는 것처럼 메모라이즈한 마법을 담을 수 있는 우리네 그릇 크기도 그렇다.

그리고 그 크기는 서클과는 꼭 비례하지만은 않는다는 것이 마법사들 사이에 널리 알려진 통념이라 한다.

란테모스는 '마법과 의식 세계의 이해 깊이' 라고만 추상적으로 설명했었다. 그럴 수밖에 없게도 사람마다 불규칙한 그릇 크기에 대해서, 마법사들은 어떤 형이상학적 원리만을 떠올릴 수밖에 없기 때문이었다.

나는 란테모스가 저택에 없는 동안 여러 가지 실험을 했다.

그중의 하나는 내 그릇의 양을 측정하는 일이었다.

메모라이즈 된 마법은 심장의 고리에 박힌다. 현재 내 심장에 박힌 마법의 개수는 4개로, 모두 5 서클 취급을 받는 극(極) 힐 핸드다.

겨우 4개라니.

실망스러운 결과였다. 7 서클 마법을 하나라도 담을 수 있기나 할까?

 그릇이 되지 않는다면, 그 긴 주문들을 그때그때마다 외워서 쓰는 수밖에 없다.

 5 서클 마법의 주문이 18만 자가 넘었는데, 7 서클 마법 주문은?

                    *   *   *

 란테모스가 돌아왔다.

 그는 그렇게 수다적인 인물은 아니지만, 앞서 그가 죽였던 두 공작 때문에 오성탑을 움직이는데 상당히 많은 애로사항이 있었다고 하소연했다.

 오성탑이 체이스 왕국의 통치를 받지 않는 독립적인 기관이라 할지라도, 왕국 정치계의 형편에 영향을 받을 만큼 긴밀한 관계였다는 게 그의 설명이었다.

 어쨌든 란테모스가 알아온 정보들은 옥제황월의 행세를 하는 데 부족함이 없어 보였다.

 이 세상에서 옥제황월은 오십 년 전 인물이다.

 그를 알던 사람 대부분이 죽거나, 노환에 시달리거나, 정계에서 은퇴하였다. 현(現) 제국 황제만 해도 옥제황월의 셋째 동생의 장남이다. 그러니까 조카뻘까지 세대가

교체된 상황이었다.

가장 큰 무기는 역시나 옥제황월과 꼭 닮은 얼굴이라고
할 수 있겠다.

두 세대가 흘러가 버린 지금, 오십 년 전 과거의 기억은
지금껏 살아있는 자들 머릿속에서도 희석되고 변질되어
있을 것이다.

"이 얼굴을 알아볼 자, 몇 명으로 추정되는가?"

"번왕(藩王)이나 총독 혹은 그들의 가신으로 나가 있는
인물들은 후계 승계 작업을 마쳤습니다. 황실만 보시면
됩니다. 주.인.님."

"누구지?"

"상황(上皇)으로 물러난 전 황제 슈베르트 카이저 보겐
과 막내 여동생인 공주 미스텔, 최고위 궁정마법사 아할,
마찬가지로 아할과 오정국(五情局) 동기생이었던 궁정마법
사 몬트샤인. 황실 안에서도 영향력 있는 자들로 꼽자면
위 네 명으로 추슬러집니다."

그가 계속 말했다.

"상황 보겐 63세 당시에는 13세, 공주 미스텔 57세 당
시에는 7세, 최고위궁정마법사 아할 88세 당시에는 38
세, 궁정마법사 몬트샤인 82세 당시에는 32세."

"어떻게 시공간을 넘었는지는 알아봤나?"

"대제국 황실 밑바닥에 감춰진 비밀입니다. 계속 알아보고 있습니다."

"그런데?"

"필시 아할이 관계되어 있을 겁니다."

"당시에는 지금만큼 대단한 마법사가 아니었을 텐데?"

"당시 오정국 수석의 직제자(直弟子)가 아할이었습니다. 지금은 최고위 궁정 마법사이기도 하니, 오정국이 개입된 일이라면 아할도 틀림없이 알고 있을 수밖에 없습니다."

"그렇겠지. 일단 그 부분은 제국 황궁으로 들어간 이후에 알아본다."

"예."

"들어간 이후부터는 현 황제가 내게 황위를 선양하게끔 하는 것을 최선으로 생각한다. 만만치 않겠지. 필요하다면 힘으로 누를 것이다. 허나 그조차도 여의치 않게 흘러간다면 황실의 큰 어른으로 추존(推尊)되는 것을 차선으로 잡아야 할 것이다."

"예. 실제 그자가 나타난다 할지라도, 먼저 입지를 굳힌 쪽이 우위에 설 것입니다."

란테모스가 웃었다.

그도 즐거운 미소를 지을 줄 아는 사람이었다. 물론 나와 눈이 마주치기 무섭게 그 미소가 씻은 듯이 사라져버렸지만.

흑천마검은 도구화되는 일 따위는 결코 용납하지 않겠다는 듯이 대답조차 하지 않았다. 그것이 우리를 위한 일이라고 설득하여도, 결국 혼잣말을 중얼거리는 것밖에 되지 않았다.

그래서 우리는 성간 이동의 세 가지 방법, 게이트와 극(極) 텔레포트 그리고 프레치아, 중에서 게이트를 선택했다. 극 텔레포트를 시전할 수 있는 사람은 두 행성을 통틀어 아할이 유일하고, 프레치아는 사실상 군사무기에 가까웠다.

란테모스는 흑천마검이 내게 했던 것처럼, 엘라를 무시하기로 한 모양이었다. 엘라를 아예 없는 사람 취급하면서 내게 말했다.

"시작하겠습니다. 주. 인. 님."

일순간 란테모스의 동공이 흐릿해지더니 하얀 수정체 안으로 자취를 감췄다. 의식 세계에 접한 것이다. 그의 입에서는 쉬지 않고 약어로 된 마법 주문이 흘러나오기 시작했다.

메모라이즈 없이, 그 자리에서 마법을 시전하는 광경을 보는 것은 이번이 처음이었다. 본래 잔혹한 인상의 노인

이 일부러 그러는 것이 아니라 할지라도, 하얀 수정체만
이 자리한 두 눈만으로도 괴이하다 할 수 있었다.

　보통 마법사들이 긴 마법 주문을 읊기 전에 마법서를
확인한다지만, 란테모스는 그렇지 않았다. 그는 읊는 데
만 꼬박 세 시간이 드는 긴 마법 주문을 전부 완벽하게 외
우고 있었다.

　그렇게 우리가 날아간 곳은 대리석이 깔린 넓은 광장
안이었다.

　신전을 연상시키는 건물이 사방위에 위치해 있고, 색색
별로 다른 로브를 입은 마법사와 위병(衛兵)들이 게이트라
추정되는 사각 구조물 주위에 머물러 있었다.

　다들 란테모스를 알아봤다.

　폭풍처럼 몰아치는 눈보라를 뚫고 다가왔다. 다들 란테
모스에게 지극한 경의를 표하기 시작했다. 특히 란테모스
와 같은 흑색 로브를 입은 마법사들은 란테모스의 손등에
입을 맞추면서, 그를 교황(教皇)처럼 대우했다.

　"이쪽입니다."

　란테모스가 모두에게 보란 듯이 나를 조심스럽게 대했
다.

　우리는 모두의 의아한 눈빛들을 받으며 사각 구조물 앞
에 섰다.

구조물은 대략 가로 세로 높이 2미터 크기의 정사각형에 가까웠다. 그리고 구조물 위쪽 허공에는 그 두 배쯤 되는 크기의 철제 구조물이 아랫면이 개방된 채로 떠 있었다.

허공에 떠 있는 구조물은 이쪽을 덮기 위해 만들어진 것 같았다.

란테모스가 마법사들에게 수신호를 보내자 위쪽의 구조물이 천천히 내려왔다. 엘라가 내 곁으로 바짝 달라붙는다.

쿵!

구조물이 큰 소리를 내며 완전히 우리를 가뒀다. 시야가 완전히 차단됐다. 보이는 것이라고는 어둠뿐.

옆에서 란테모스가 부스럭거리는 소리가 들렸다. 그때 우리와 같이 갇힌 사각 구조물이 희미한 빛을 발광하기 시작하며 시야가 돌아왔다.

"게이트를 열겠습니다. 충격에 대비하십시오. 주.인.님."

나는 엘라를 더 가까이 끌어당겼다. 그때 란테모스는 우리 앞에 놓인 사각 구조물의 중앙에 손바닥을 막 접촉시키고 있었다.

란테모스의 손바닥이 구조물에 닿던 그때.

접촉된 구조물의 한 면이 안쪽의 강력한 힘에 이끌려 빨려 들어갔다. 동시에 우리 몸도 그쪽으로 확 기울었다.

공력으로 어찌할 수 없는 초월적인 힘이 우리를 빨아들이고 있다!

고무줄처럼 늘어난 란테모스와 엘라가 검은 구체 안으로 빨려 들어가는 게 보였다.

그리고 그것이 여기에서의 마지막 기억이었다.

*   *   *

달그락 달그락.

란테모스와 내게는 그저 나무의 그늘에 불과한 녹음(綠陰)이었으나 엘라에게는 달랐다.

저녁노을을 한 아름 안고 있는 시골 마을, 날개를 팔랑거리며 마차에 내려앉았다가 떠나가는 나비들, 어디선가 훈훈하게 풍겨오는 꽃향기, 남빛으로 물든 푸른 하늘 그리고 지평선 끝에 걸린 하얀 행성.

그 와중에 마차가 녹음이 우거진 곳을 뚫고 지나갈 때면, 엘라의 얼굴 위에 머물다 스쳐 가는 그림자와 나뭇잎 사이로 비스듬히 들어온 햇빛에, 그보다 더 행할 수 없다는 미소를 지었다.

똑같이 밖을 쳐다보고 있지만 란테모스의 표정은 그 좋지 않았다.

란테모스가 내게 고개를 저어 보였다.

이쪽 길이 아니라는 뜻이었다.

역시 이들은 우리를 곧장 황성으로 데리고 갈 생각이 없었던 것 같다. 내가 란테모스에게 짧게 한 번 고개를 끄덕이자, 란테모스가 창밖으로 손을 내밀어 마차를 세웠다.

명목상 호위대라지만, 위험한 죄수를 호송하듯 긴장의 끈을 놓지 않고 있던 기사단 또한 마차와 함께 멈췄다.

게지히트가 란테모스 옆으로 말을 붙였다.

그는 마차의 앞과 뒤 그리고 양 옆, 사방을 포위한 채 같은 속도로 달리던 기사단을 지휘하는 총 책임자였다.

"네놈 독단(獨斷)이냐? 왜 황성으로 가지 않는 것이냐?"

란테모스가 유창한 마루스 제국어로 쏘아 붙였다.

기사단장 게지히트는 군인다운 딱딱한 표정으로 란테모스에게 대답했다.

"마스터. 사안이 사안이니 만큼 이 정도 양해를 부탁드리는 것이 그리 어려운 일은 아닐 겁니다. 별성으로 모시겠습니다."

그러면서 게지히트는 내게 차분히 고개를 숙여 보였다.

갑자기 게이트를 통해 나타난 흑탑의 주인인 대마법사 란테모스가 웬 미남자와 함께 황당한 주장을 해왔으니, 그로서도 무척이나 당황스럽고 난감했을 것이다.

그러나 그 황당한 주장을 묵살하기에는 이 세상에서 란테모스가 가지는 입지가 너무도 컸다.

두 행성을 통틀어 네 명뿐인 대마법사. 그중에 한 명이 그였으니까.

— 황성으로 가거라. 내 아우 보겐부터 만나 봐야겠구나.

의념으로 내 뜻을 밀어 넣었다.

오십 년 간의 혹독한 수련 끝에 검의 극의(極意)를 깨우친 대신, 목소리를 잃었다는 설정이다.

"제 입장을 헤아려 주십시오."

— 그대가 무엇을 걱정하는 지를 내 어찌 모르겠는가. 내 아우 보겐과 사랑스런 미스텔 그리고 내가 총애했던 아할과 몬트샤인이 황성에 있다 하니, 그들이 나를 알아볼 것이다. 나를 믿거라. 그대에게 상을 내렸으면 내렸지, 해가 되는 일은 없을 것이다. 황성으로 가라. 짐의 명령이다.

순간이지만 나를 향한 불신의 눈초리를 느낄 수 있었

다. 나를 상대하고 싶지 않다는 거부감 또한 강했다.

말없이 말머리를 돌린 게지히트는 선봉의 자리로 돌아갔다.

잠시 뒤.

란테모스가 또다시 내게 고개를 저어 보였다.

그의 입꼬리에 살짝 즐거운 미소가 걸렸다. 그러나 게지히트를 다시 부를 때에는 그 미소가 사라지고 눈가로 자리한 노한 주름만이 자글자글하게 접혀졌다.

"감히!"

란테모스가 역정을 터트렸다.

"죄송합니다. 마스터. 별성으로 모셔야겠습니다."

"끌끌끌. 너희들은 나를 모르고, 전하가 어떤 분이신지 더더욱이 모르는구나. 네놈이 안쓰럽구나. 안쓰러워."

게지히트의 시선은 오로지 란테모스의 입술에만 꽂혀 있었다.

나는 마차에서 뛰어내렸다. 게지히트도 황급히 말에서 내려 내 앞으로 달려왔다. 그는 무인(武人)답게 상대의 기세를 읽을 줄 알았다. 그가 우뚝 멈춰 서며 검자루에 손을 올렸다.

"제국의 기사를 공격하실 생각이시라면 그만두십시오."

― 그렇게 말했건만 짐의 명령을 두 번이나 거역하는구나.

"그만두십시오. 경고입니다."

― 짐이 내린 명령은 황성으로 가자는 것뿐, 그것이 그리 어렵더냐? 지난 오십 년간 짐이 어떤 마음으로 살아왔는지 그대가 감히 알까.

모두가 이쪽을 바라보고 있었다. 기사 넷이 다이아몬드 꼴로 한 진형을 이루면서 사방위 전체에 위치해 있다.

― 헌데 그대는 짐을 죄인 취급하는구나.

손을 한 번 쓰윽 내저었다.

타탁.

탄지(彈指)들이 적중되는 소리가 내게는 들렸다.

털썩.

총 열여섯 명의 기사가 말 위에서 동시에 떨어졌다.

게지히트는 부릅떠진 눈으로 주변을 힐끔 쳐다봤다. 그의 관자놀이가 부르르 떨리고 이마의 핏줄이 불끈 솟았다. 그가 내게 시선을 유지한 채로 뒷걸음질로 걸어가, 한 기사의 코에 귀를 가져다 댔다.

죽지 않고 그저 혼절한 것이라는 것을 알아챈 그가 천천히 무릎을 폈다.

그는 나와 마차 위의 란테모스를 번갈아 쳐다보다가 입

을 열었다.

"황성으로 모시겠습니다."

해서는 안 되는 말을 하고만 사람처럼, 그의 얼굴이 심각하게 일그러졌다.

한 무리의 사람들이 우리를 기다리고 있었다. 마차는 그들이 서 있는, 근위병들이나 드나드는 성벽 쪽문 앞으로 멈춰 섰다.

"몬트샤인입니다."

란테모스가 멀리서 그들을 알아보고 말했다.

나는 마차로 다가오는 노인을 바라봤다. 그의 첫인상은 란테모스와 여러모로 닮아 있었다. 쇳조각을 입안 가득히 물고 있다가 말 대신 쏘아버릴 것 같은 무정한 얼굴이 표정이 인상 깊었다.

"란테모스. 전부 들었네. 그런데 대……!"

마차에서 내리는 나를 본 그때, 몬트샤인의 음성이 뚝 멎었다.

몬트샤인은 내 얼굴에서 눈을 떼지 못했다.

마치 그를 둘러싼 시간만 멈춰버린 것처럼 온몸이 경직(硬直)되어서, 그와 함께 우리를 기다리고 있던 사람들로부터 시선을 한몸에 받았다.

오로지 로브 위로 볼록 솟은 아랫배만이 보일락 말락 오르내리는 게 움직임의 전부였다.

"전하."

란테모스가 몬트샤인을 가리키며 말했다.

"이자를 알아보시겠습니까?"

나는 란테모스에게 고개를 끄덕인 다음 몬트샤인에게로 시선을 돌렸다.

— 많이 늙었구나. 그대를 이렇게 마주하고 보니 반백 년이 흘렀다는 게 실감이 들어.

"저, 전하…… 이십니까?"

한 걸음.

몬트샤인은 딱 한 걸음만 내디뎠다. 그리고는 황망한 표정으로 란테모스를 쳐다봤다.

란테모스는 그도 많은 걸 알지 못한다는 뜻으로 고개를 설레설레 저었다.

"일단…… 안으로 모시겠습니다."

몬트샤인이 말하기 무섭게, 대기하고 있던 시종이 뛰어가 쪽문을 열었다.

나는 그 광경을 보며 얼굴에 품고 있던 온화한 빛을 지웠다.

의도적으로 독살스런 기운을 끌어 올리며 몬트샤인을

향해 고개를 휙 돌렸다. 몬트샤인 또한 대가의 반열에 오른 대마법사지만, 정면으로 맞닥뜨린 사존(邪尊)의 살기 앞에선 저도 모르게 눈을 피하고 말았다.

— 내 집에 숨어서 들어가라는 말이냐. 어찌 오십 년 만에 돌아온 형을 이런 식으로 대할 수 있단 말이냐!

화악!

내 몸에서 퍼져나간 기풍(氣風)에 모든 것이 펄럭거렸다.

탓!

지면을 박찼다.

기차 창밖으로 스쳐 지나가는 풍경처럼, 길고 긴 석벽들이 빠르게 내 시선에 담겼다가 사라지길 반복했다.

그리고 바그다드와 견줄 만할 거대한 성문 앞에서 멈춰 섰다.

아닌 갑자기 나타난 외인(外人)을 향해, 근위병들은 할버드부터 겨누고 봤다. 양손을 앞으로 내뻗자 기관 장치를 이용해만 열 수 있는 성문이 큰소리를 내며 뒤로 넘어갔다.

쿵!

등 뒤로 일그러지는 공간의 흐름이 느껴졌다.

"전하."

몬트샤인이 거기에 서 있었다. 란테모스도 공간으로부터 뱉어져 나왔다.

나는 그 둘을 본체만체하고 휜하게 뚫린 성문 안으로 몸을 던졌다. 대략적인 성의 구조야 숙지하고 와서 문제될 게 없었다.

내가 공력을 일으키며 스치고 지나갈 때마다 뜰에 서 있던 나무들은 이리저리 뽑혀 마구 날아가고, 기사와 마법사들을 새겨 넣었던 석상들은 산산조각 나며 사방으로 튀었다.

성벽 위에 있던 경비병들이 놀라서 내게 화살을 쏘아 댔다. 하지만 그것들이 애꿎은 돌바닥에 맞아 부러질 때면 나는 이미 한참을 앞선 저 멀리를 달려나가고 있었다.

곧장 본성으로 들어가 알현의 공간인 접견실까지 들어가는 동안, 어떤 마법사나 기사도 나를 막지 못했다.

나는 근사한 의자에 앉아 안으로 뛰어 들어오는 것들을 쳐다보았다.

방 안이 할버드와 장검을 든 병사와 기사들로 금세 가득 찼다. 개중에는 수준 높은 강기(剛氣)를 피워 올린 것들도 있었다.

흥!

공력을 끌어 올렸다.

내가 앉아 있는 자리를 진원(震源)으로 하여 본성 전체가 바들바들 떨리기 시작했다.

두드드드.

천장의 샹들리에들이 매섭게 떨어져서 유리 파편들을 튀기는 것을 시작으로, 기사와 병사들이 움직였다.

하지만 모두들 몇 걸음 떼지 못하고 주저앉고 말았다. 오직 강기를 일으키고 있는 몇몇의 무인들만이, 진흙 늪 속에서 허우적거리듯이 느릿하게 걸어왔다.

스윽.

허공에 대고 손날을 그었다.

내 손날에서부터 뻗어나 검기가 그들의 검 끝으로 피어오르고 있던 강기들을 베고 지나갔다. 뻗고 휘어지고, 겹쳤다가 둥글게 말아지고 다시 곧게 치솟아 오른다.

"아무도 움직이지 마라!"

한 기사가 제대로 판단했다.

그때 열린 문밖으로 이쪽을 황망한 얼굴로 바라보고 있는 몬트샤인이 보였다.

"부디 고정하십시오. 모두 제국의 자랑스런 기사들입니다."

그가 사정하듯이 말했다.

나는 검기를 모두 회수했다.

날카롭게 그들을 옭아매고 있던 붉은 기운들이 일제히 사라졌다.

반응들이 다양하다. 누구는 다리에 힘이 풀린 듯 비틀거리지만, 누구는 더 강렬한 적개심으로 나를 노려보고, 또 누구는 직전에 그들이 겪었던 무(武)의 극한에 감격을 받았다.

몬트샤인이 소리 내지 않은 한숨을 깊게 내뱉은 다음 실내로 첫 발을 내디뎠다.

그러던 문득 두 사람이 인기척을 내며 추가로 들어왔다.

상황 보겐과 최고위 궁정 마법사 아할.

란테모스가 들려주지 않아도 알 수 있다. 바로 보겐과 아할 그들이라는 것을 증명하기라도 하듯, 내 얼굴을 본 둘은 선 자리에서 석고상이 되어 버렸다.

제7장

개방(開放)

　　상황(上皇) 보겐은 예순이 넘는 나이였으나 청년처럼 정
정했다. 온통 힘으로만 뭉쳐진 것 같은 우람한 체구에, 수
십 년간 한 행성을 지배해 온 자다운 위엄 있는 용모를 지
닌 자였다.

　　그는 기사들 사이로 나를 물끄러미 바라보면서, 아할과
무언(無言)의 눈빛들을 주고받았다.

　　보겐과 아할은 많은 전장을 헤쳐 나온 전우 같은 사이
로 보였다.

　　말없이 눈빛을 나누는 것만으로도 서로의 뜻을 헤아릴
수 있을 정도로, 무수히 많은 세월들이 그 사이에 있었던

것이다.

그러던 와중에 아할의 인상이 눈에 띄었다. 그에게는 마법사라기보다는 정객(政客)의 냄새가 물씬 풍기고 있었다.

시대의 소용돌이 속에서도 거뜬히 버티고 서서 지금껏 정계에 큰 자리를 차지하고 있는 불사조 같은 자.

그를 본 것이 이번이 처음이지만, 그의 매섭고 날쌘 인상이 그것들을 말해 주고 있었다.

아할의 눈빛을 받은 상황 보겐이 나를 바라보며 말했다.

"진심으로 그대가 내 형님이길 바라고 있겠네."

그는 그 말을 끝으로 몬트샤인과 함께 방에서 나가버렸다.

— 오십 년 만에 돌아왔더니, 결국 이런 취급이군.

나는 피식 웃었다.

"말은 못 하시는 겁니까?"

아할은 정중했다.

나를 황가의 일족으로 인정해서가 아니라, 직전에 보여 준 무력의 힘 때문일 것이다.

— 대신 내 그리운 집으로 돌아올 수 있는 힘을 얻었지. 하지만 그리워했던 건 오로지 짐뿐 만이었어. 기분 엿 같

군.

나는 의자 등받이 위에 양팔을 크게 걸치며 거만하게 턱을 치켜들었다. 그때도 방 안을 가득 채우고 있던 기사들이 내 동작 하나하나에 반응했다.

— 언제까지 이것들을 내버려 둘 건가. 당장 내 눈앞에서 치우는 게 좋을 것이다. 아할. 빌어먹을. 짐이 얼마나 참고 있는지, 그대가 감히 알까? 감히 짐에게 검을 겨누고 있다니.

"모두 물러들 가시게."

아할의 한마디에 모두가 빠르게 움직였다.

들어왔던 그대로 나가는 속도도 빨랐다.

철편(鐵片)끼리 부딪치는 철그덕 소리가 사그라지고, 이제 방에는 나와 아할 그리고 란테모스만 남았다.

지난 한 달이 넘는 시간 동안 함께 지내봐서 알 수 있다.

란테모스가 기분이 좋을 때와 기분이 나쁠 때 짓는, 그 미묘한 표정 변화가 눈에 들어왔다. 지금 란테모스는 기분이 좋은 상태였다.

아할과 눈이 마주친 란테모스가 나만이 알아차릴 수 있는 특유의 즐거운 표정으로 입을 열었다. 역시 목소리는 냉랭하기 그지없다.

"전하께는 무례가 될 수 있겠지만, 지금만큼은 확실히 해둬야 늦지 않겠군. 네 성정을 모르지 않지. 분란을 일으키지 마라. 전하와 오성탑과는 어떤 연(緣)도 없다."

"전하. 잠시 자리를 비우겠습니다. 오래 걸리지 않을 것입니다."

나는 고개를 끄덕였다. 아할이 먼저 나가고 란테모스가 그 뒤를 따라 나갔다.

그리고 그 둘의 목소리를 찾아, 주파수를 맞췄다.

"어떻게 된 일이오? 밝히지 않는다면 오성탑이 연루될 수밖에 없소. 그건 그대도 원치 않는 일이지 않소. 우리 둘의 사적인 은원(恩怨) 때문에 아까운 젊은이들이 많이 죽었소. 그런 참혹한 일은 다신 없어야 하지 않겠소? 그대도 상황을 알겠지만 제국에서는 표적만 찾고 있는 상황이라오. 전쟁을 위한 전쟁만을 기다리고 있는 실정이라는 것이오. 그 표적이 오성탑이 되어서는 아니 되어야 하지 않겠소?"

"우리 둘밖에 없는데, 격식 따위를 차려서야. 뻔뻔하기 짝이 없군."

"사적인 감정을 집어치우시오. 란테모스. 그대가 무엇을 데려왔는지 아시오?"

"알지. 재앙."

"그러고도 오성탑과 연관이 없다고 주장하는 것이오?"

"심각하게 잘 못 받아들였구나. 내가 말한 재앙은 순수한 재앙, 그 자체다. 어떠한 정치적 문제가 아니란 말이다."

"하면 말해 보시오. 란테모스."

"저자를 만난 건 사십 일쯤 전이다. 북쪽에서 일어난 이상 현상을 조사하던 도중에, 저자와 한 마을에서 만나게 되었지. 그때 저자는 많이 다쳐서 여종과 함께 병상에서 누워 있었다. 스스로 오십 년 전에 절명했다고 알려진 제국의 황태자라고 밝혔지만, 나는 관심 없었다. 내가 관심 있는 건 누가 저자를 다치게 했느냐는 것이었지. 왠지 알아?"

"계속 말해 보시오."

"저자는 나를 제압했다. 아할. 나 같은 마법사가 다섯은 있어도 저자의 상대가 되지 않았을 것이다. 아니, 열, 아니, 수와는 상관이 없을 분명한 힘의 차이를 느낄 수가 있었다."

"믿을 수 없소."

"나도 받아들이기에 오래 걸렸지. 하지만 조금 전에 봤을 것이다. 저자가 너희 황실 기사들을 어찌 다뤘는지 말이야. 그건 저자가 할 수 있는 것의 극히 일부분에 불과하지."

"이번에는 그쪽이 내 말을 오해하였소. 란테모스. 내 말은 그쪽이 누구의 밑에 있을 사람이 아니란 말이오."

"나는 저자를 따르는 게 아니다. 속박된 거지. 이렇게 말하면서 부끄럽지 않느냐고? 그렇지도 않다. 너희들 사정도 곧 다르지 않을 테니까. 끌끌끌……."

"그럼 누가 저자를 다치게 했다는 것이오?"

"저자가 그러더군. 드래곤과 싸우고 있다고."

"드래곤. 드래곤이라 하시었소? 크크크큭. 란테모스. 설마 그 말을 믿는……. 믿고 있구려. 그대만큼은 광증(狂症)에 빠지지 않을 거라 믿었건만."

"억압에 의해서 그를 데려온 게 나일뿐, 오성탑과는 아무런 연관이 없다. 생각해보니 그 일을 걱정할 필요도 없는 것이었어. 저자가 여기에 온 이상, 너희 제국은 저자를 상대하는 것만으로도 정신이 없을 테니 말이다. 괜한 염려를 하였어."

"……그쪽 생각은 어떻소? 황태자인 것 같소?"

"내가 볼 땐 진짜 황태자 같더군. 그런데 저자가 진짜 오십 년 전의 그 황태자든 아니든, 그게 중요할까? 누구보다 네놈이 잘 알고 있을 것이다. 아할. 충분한 힘을 갖

쳤다면 명분쯤이야 얼마든지 만들 수 있지. 네놈이 내게
했듯이 말이다. 하물며 저자는 오십 년 전 황태자와 똑 닮
은 얼굴을 하고 있기까지 하지. 처음에는 반신반의했는
데, 저자를 본 네놈 표정을 보니 알겠더구나."

"난감한 일이오."

"그래. 난감한 일이지. 오십 년 만에 돌아온 황태자라
니. 더욱이 마왕 수준의 힘을 갖춘."

"또다시 그쪽을 심문해야 한다는 게, 난감하다는 거
요."

"끌끌끌……. 그 짧은 사이에 많이도 모아 놨군. 그날
처럼."

"저항하지 마시오. 란테모스. 그대가 결백하다면 어떤
피해도 가지 않을 거요. 수치심이야, 이미 그대 스스로도
저자의 종이라고 밝혔으니 그보다 더한 굴욕이 어디 있겠
소. 헌데 이해가 가지 않소. 왜 순순히 따라온 것이오? 이
리될 줄 알고 있었을 텐데."

"그자가 여기에 무슨 마음으로 왔는지 알고 있거든."

"말해 보시오."

"향수(鄕愁)? 그런 게 아니야. 너희 제국의 상황과 비슷
하였다. 힘이 넘칠 만큼 쌓이면 표출시켜야만 하지. 저자
는 여기를 표적으로 삼은 거다. 황태자의 지위는 그다음

문제지."

"……나와 같이 마법의 극의를 탐구하는 이를, 또다시 심문해야 한다는 게 내키지는 않지만 어쩔 수 없구려. 부디 그날처럼은 저항하지 마시오. 그대도 알다시피 오래 걸리지 않을 거요."

"지금 네놈은 그자에게 그 빌미를 제공하고 있다. 마음껏 힘을 표출시킬 수 있는 빌미를…… 끌끌끌……."

그건 일종의 신호였다.

란테모스는 이렇게 될 줄 알고 있었다.

진위 여부를 둘째 치고, 오십 년 만에 황태자로 주장하는 자가 돌아왔다는 가정 아래에서는 황궁의 박대(薄待)와 심문 따위 정도는 충분히 예상할 수 있는 범위 안이었다.

시나리오는 바뀌지 않는다. 오히려 직전에 보여줬던 힘이 생각보다 부족했던 것 같다.

더 큰 힘.

감히 범접할 수 없는 무(武)의 한계로 이들의 이성을 마비시킬 것이다.

의자에서 몸을 일으켰다.

그러자 나를 주시하고 있던 기사들의 눈빛이 달라졌다. 내 몸에서 피어오르기 시작한 붉은 아지랑이에 모두의 얼굴에 긴장감이 감돌았다.

그것도 잠깐뿐, 파앙! 하는 소리가 크게 났다.

통째로 뜯어진 벽 뒤로 기사들이 나자빠졌다. 몇 개의 푸른 강기가 눈앞에서 넘실거렸던 게 전부였다.

란테모스의 기운을 좇아 벽과 벽을 뚫으며 달렸다. 정신을 차린 기사들이 바짝 따라왔지만, 내가 쏘아 보낸 검기가 사방을 가르면서 곧 그들의 모습이 보이지 않게 되었다.

성에서 일하는 사람들이 놀란 음성을 터트리는 소리와 벽들이 부서지는 소리가 아무렇게나 엉켜서 귀청을 때려대는 가운데, 나는 어느 부분에 우뚝 멈춰 서서 바닥을 지그시 밟았다.

대리석 바닥이 싱크홀처럼 아래로 쑥 꺼졌다. 내 몸도 동시에 아래로 떨어져 내렸다.

고풍스런 가구들이 가득 찬 어느 방 안이었다.

방에 있던 사람들이 일제히 나를 쳐다봤다. 열이 넘는 마법사들이 란테모스를 겹겹이 둘러싼 채로 서 있었고, 란테모스는 그 중심에서 우두커니 선 채 나를 바라보고 있었다.

그때 아할과도 눈이 마주쳤다. 그는 놀라기보다는 체념하는 기색이었다.

"이해하실 겁니다."

그는 그 말만 했다.

그리고는 그가 시동어를 읊으려는데, 그의 어깨너머로 씩 웃는 란테모스의 얼굴이 보였다. 란테모스는 이제 무슨 일이 벌어질지 알고 있었다.

흑천마검이 허공을 가르는 순간, 란테모스를 포함한 모든 마법사들이 사방으로 튕겨 날아갔다. 벽에 부딪힌 마법사들이 몸을 추스르며 고개를 들었다. 하나같이 한 움큼씩의 핏물을 토해내면서 아할을 찾아 시선을 움직이고 있었다.

모두의 시선이 그들과 같이 몸을 일으키고 있는 아할에게로 쏠렸다.

그때의 란테모스가 그러했듯, 아할도 제 마법이 끊긴 것에 대해 큰 충격을 받은 듯한 얼굴을 하고 있었다. 나를 쳐다보는 그의 얼굴에 무수히 많은 물음들이 담겼다.

— 내 사람을 심문하고 있구나. 이게 너희들의 뜻이라면……

나는 아할 앞으로 걸어가 그를 우두커니 내려다봤다. 그의 팔을 잡아당겨 일으켰다. 그리고는 그를 어깨에 들쳐 메고 천장 위로 뚫린 구멍으로 살짝 뛰어올랐다.

"어디로 가십니까?"

— 어디가 아니다. 아할. 무엇을 보게 될 건지 물어봤어
야지.

"그만두십시오. 여긴 황성입니다. 전하께서도 무사치
못할 것입니다."

— 전하? 너희들이 나를 '카이저'로 보지 않기에, 짐이
친히 보여주겠다. 두 눈 똑바로 뜨고 보거라. 짐이 어떻게
황좌를 되찾는지. 나를 이렇게 만든 것이 바로 너희들이
다.

"전하!"

— 오늘 황성 안의 모든 황족들은 내 발아래 무릎을 꿇
을 것이다.

"제국과 전쟁을 하시겠다는 말씀이십니까?"

— 나 혼자라면 얼마든지 가능한 이야기지.

더욱이 나와는 얽히는 게 없는 외딴 세상 안에서라
면……

*   *   *

벽과 벽 너머, 위층과 그 위층, 그리고 아래층과 또 그
아래층.

곳곳에서 움직이고 있는 기운들이 느껴진다.

모퉁이를 돌자마자 성난 검 하나가 위압스럽게 떨어져
내렸다. 무게도 제대로 실려 있다. 수웅, 하고 바람을 가
르는 소리가 났다.

나를 보자마자 공격을 감행한 걸로 봐서는 황실 측에서
결단을 내린 것 같았다.

차라리 이편이 낫다.

때로는 단순한 길이 최선일 때가 있는 법.

우직.

나는 녀석의 무릎을 누르듯이 찼다.

위용 있게 은빛으로 빛나던 것이 무색하게도, 녀석의
무릎받이가 두부처럼 일그러지며 내 발자국을 남겼다. 동
시에 녀석의 무릎이 기형적으로 꺾였다. 녀석이 억 소리
를 내며 옆으로 쓰러졌기에, 허공에서 떨어지고 있던 검
또한 내게 닫지 못하고 녀석과 함께 바닥을 나뒹굴었다.

녀석은 무릎이 부러진 와중에도 내 발목을 잡으려고 했
다. 녀석의 턱을 차올리자 반절로 쪼개진 투구가 반대편
으로 튀어 올랐다.

혼절한 녀석을 내버려두고 앞을 쳐다봤다.

총 열세 명.

그 사이에도 다섯으로 이뤄진 무리가 뒤쪽 모퉁이에서
돌아 나오고 있었으며, 황성 근위병으로 추정되는 집단이

계단 전체를 차지하며 밀려오고 있었다. 당장 시야에만 들어오지 않았을 뿐이다.

— 황궁 병력 전체가 움직이고 있군. 작정하고 짐을 죽일 생각인가 본데?

나는 그렇게 말하며 날을 세운 손끝을 아할의 얼굴 앞쪽으로 찔러 넣었다. 비록 무형(無形)의 음성이지만, 손끝이 그 안을 파고드는 게 느껴진다.

마법이 파훼되는 그 순간, 내 어깨에 들쳐져 있던 아할은 전기충격을 받은 사람처럼 크게 튕겼다가 가라앉았다. 나는 앞과 뒤에서 쏟아져 들어오기 시작한 검들을 살짝 몸을 떠올리며 피했다. 그러면서 아할의 뺨을 짝짝 때렸다.

— 심연에 빠지면 곤란해. 지금부터 네가 볼 게 많거든. 아할.

살짝 내린 시선.

마치 조준장치가 락온(Lock—on)을 잡듯, 당장 시야로 들어오는 기사들이 하나씩 눈에 담겼다.

찔러 오거나 베면서 들어오는 공격들을 피하며, 철권(鐵拳)으로 복부를 가격했다.

직접적인 타격으로 얼굴을 투구 채로 뚫어버리거나 목에서 분리시킬 수 있고, 그것도 아니라면 기(氣)의 압력만으로도 콧구멍에서 뇌가 흘러나오게 할 수 있지만.

나는 황성을 접수하러 온 거지 사람을 죽이러 온 게 아니다.

퍼어억!

주먹이 작렬할 때마다 한 명씩 허공에 붕 떠올랐다. 제일 먼저 떠올랐던 기사가 바닥에 닿기 전에, 기사 열셋 전부가 허공에서 넘실거렸다.

그리고는 시간이 멈췄던 것 같은 짧은 흐름 뒤에, 녀석들의 육신이 동시에 우수수 떨어져 내렸다. 하나같이 선명한 주먹 자국이 깊게 박힌 그네들의 흉갑은, 본래부터 그런 식으로 제련된 것처럼 통일성마저 있었다.

복도 후면에서 달려오던 기사 다섯이 우뚝 멈춰 섰다. 나는 먹잇감을 찾아 나선 마령(魔靈)처럼 스윽 미끄러졌다.

그들 입장에서는 멀찌감치 떨어져 있던 내가 갑자기 코앞으로 날아온 것처럼 보였으니, 반사적으로 공격을 시도하는 것은 당연한 일이었다.

그러나 내 쪽에서 먼저 뻗었던 주먹이 회수되는 순간, 그들 다섯 또한 외마디 비명과 함께 튕겨져 날아갔다. 마침 그쪽 계단에서 올라오고 있던 근위병들과도 뒤엉켜 버려서 잠깐 소란이 있었다.

— 제대로 해보지. 두 눈 부릅뜨고 보고 있거라. 아할.

바깥쪽 벽으로 몸을 돌렸다. 쏘아 보냈던 기풍(氣風)이 벽에 닿는 순간, TNT를 장착시켜 놓았던 것처럼 쾅하고 큰 굉음이 났다.

잠깐 먼지가 일었지만 바람에 쓸려 시야가 선명해졌다.

무너져 버린 벽 밖, 저 아래로 넓은 뜰이 보였다. 이미 느끼고 있었던 대로 수많은 병사와 기사들이 뜰 전체에서 산발적으로 움직이고 있는 광경이 두 눈 안으로 들어왔다.

나는 아할을 들쳐 맨 채로 뛰어내렸다.

쾅!

천근추의 수법이되, 십이양공의 공력을 순간적으로 담은 뒤였다.

내 발이 지면을 누르는 순간 모든 게 튀어 올랐다. 정원의 과실수들은 뿌리째 뽑혀 하늘로 치솟아 오르고, 잘게 부서진 포석들이 부산히 흩어지며, 인근에 있던 병사 수백여 명까지 한 번에 붕 떠올랐다.

손을 쓱 내저었다.

쏜살같이 뻗쳐 나온 기풍.

허공의 부유물(浮游物)들을 한데 휩쓸려 구석으로 내팽개쳐졌다.

삽시간에 뜰은 허리케인이 한바탕 휘몰아치고 지나간 것처럼 변해버렸다.

다가오는 자들을 모조리 날려버렸다.

그래서 어느 순간부터는 내게 접근하는 이 없이, 상당한 거리에서 나를 포위하는 형식의 대치상태가 유지되고 있었다.

나는 이 자리로 황성의 모든 병력이 집결하길 원했다. 그래서 그네들이 포위 진형을 꾸리는 것을 내버려 두었다.

쌍두(雙頭) 사자의 문장을 단 두 개의 기사단이 도착한 것도 그때쯤이었다. 갑옷과 병기들이 눈부신 반사광(反射光)을 번쩍거리며 빠르게 움직였다.

두 문장은 도안이 같지만 한쪽은 금색이고 한쪽은 적색인 것이 달랐다. 적색 쪽의 기사단장이 먼저 말에서 내렸다.

그 지점에서 기다리고 있던 고위 기사가 곧바로 상황보고에 들어갔다.

"아할 님을 인질로 붙잡고 있습니다."

"흑탑의 주인은?"

"저자의 여종과 함께 도망쳤습니다."

"누가 갔나?"

"몬트샤인 님이 가셨습니다."

"뢰베에는?"

"뢰베에는 플리겐 님이 가셨고, 아틀러에는 포어트 님이 가셨습니다."

"침입자는 저자 혼자인가?"

"예."

"정체는?"

"알 수 없습니다. 조심하십시오. 슈나벨님. 무척 강한 자입니다."

"어떻게?"

"저자를 제압하고 있지 못하는 이유가, 아할 님을 인질로 붙잡고 있기 때문만은 아닙니다. 주위를 보십시오. 모두 저자가 한 짓입니다."

"나와 비교하자면?"

"감히 어찌."

"비교하자면?"

"대등합니다."

"알겠다. 대형 유지."

단답형의 보고가 빠르게 끝난 무렵, 서로 눈빛을 교환한 두 기사단장이 진형 앞쪽으로 멀찍이 나왔다.

슈나벨이라 불렸던 적색 기사단장이 먼저 말문을 열었
다.

"조력자는 없소. 단 한 명이 이 사단을 만든 것이오. 대
(大)제국의 중심에서."

"이제는 믿지 않을 수가 없구려. 아할 님이 저리 붙잡
혀 계시다니. 너무도 충격적이라 입이 떨어지지 않소이
다."

"저자를 제압해야 하는데, 아할 님이 문제요."

"저자의 요구부터 들어 봅시다. 아할 님을 저자에게서
떨어트려 놓아야만 하오. 그래야 무슨 수든 쓸 수 있지 않
겠소?"

어긋나도 한참이나 어긋난 판단.

"큭큭."

나는 웃음을 삼키며 주위를 둘러보았다.

병사로 추정되는 기운들의 군집은 여기에 다 모였다.

뜰에 모인 병사들의 수는 대략 사천 그리고 기사단은
다섯 개쯤 됐다.

당장 황성에 주둔 중인 병력이 그쯤이라는 것인데, 나
는 살짝 입꼬리를 올려 보이며 아할을 땅에 내려놓았다.

아할이 땅에 서자마자 입을 열었다.

"전하. 제가 중재를 맡겠습니다. 지금도 늦지는 않았

습……!"

나는 그런 아할의 목뒤를 집게손가락 끝으로 찍었다. 마혈이 집힌 아할은 메두사의 눈빛과 직면한 사람처럼, 눈을 부릅뜬 채로 사지가 마비됐다.

— 인질이라니. 짐에게 인질 따위가 필요할 것 같으냐. 돌려주마. 받아 볼 수 있다면 어디 한번 받아 보거라.

딱딱하게 굳어버린 아할의 등을 두 기사단장이 있는 방향으로 살짝 밀었다. 아할의 육신이 느릿한 속도로 비스듬히 날아가기 시작했다.

쉬익.

"무슨 짓을!"

적색 기사단장이 잽싸게 몸을 던졌다. 그가 아할을 품에 안았다.

바로 그때였다.

적색 기사단장은 아할의 얼굴에 꺼멓게 죽은피를 왈칵 토하며, 아할을 안고 있던 손을 풀었다.

아!

순간적으로 병사들이 웅성거리는 소리가 큼지막하게 울렸다.

저만치 튕겨 날아가는 그를 따라 모두의 고개가 자연스럽게 옮겨지고 있을 때에도, 아할은 느릿한 속도로 계속 날아가고 있었다.

금색 기사단장이 아할과 적색 기사단장을 번갈아 쳐다보다가, 적색 기사단장 쪽으로 몸을 날렸다. 그는 적색 기사단장이 무너트린 석벽 조각 틈에서 적색 기사단장의 손목을 찾아 힘껏 끌어 올렸다.

적색 기사단장이 일어서자마자 울긋불긋한 비정상적인 안색을 비추며 허공을 가리켰다.

거기에는 여전히 느릿하게 날아가는 아할이 있다.

"도와주시오."

적색 기사단장이 말해다.

그가 입가의 피를 쓱 닦은 다음 아할 쪽으로 다시 몸을 던졌다.

그 뒤로 금색 기사단장이 바짝 따라붙었다.

적색 기사단장과 금색 기사단장이 아할의 한쪽 팔씩을 맡기로 한 모양이다.

둘이 날아간 그대로 아할의 한 팔씩을 제 겨드랑이에 꼈다. 둘의 전신으로 강맹한 푸른 강기(剛氣)가 솟아 나왔다.

이번에는 어느 누구도 튕겨 날아가는 것 없었다. 다만 어떤 진척도 없이 허공에서 멈춰 버린 꼴이었다.

나아가는 힘과 그것을 막으려는 힘이 싸우고 있었다.

약 이십여 초가 흘렀을 시점에 둘은 아할을 땅에 내려놓는 데 성공했다.

대신에 둘의 얼굴에서는 핏기가 조금도 남아있지 않았다. 찬물이 끼얹어진 불길처럼, 둘을 감싸고 있던 강기도 사그라지고 없었다.

"커억."

둘은 누가 먼저라 할 것 없이, 앞으로 고꾸라 넘어졌다. 어떻게든 일어서보려 하지만 벌려진 입에서 수직으로 뚝뚝 흘러내리는 핏물만 땅 위에 고일뿐이다. 차마 무릎을 펴지 못했다.

— 실망스럽구나. 고작 이런 시험 하나를 통과하지 못하면서 짐을 대적을 하려 들다니.

멀찍이 떨어진 곳에서 둘이 고개를 들고 나를 쳐다봤다.

온갖 의문으로만 가득 찬 눈빛.

이제 내게는 너무도 익숙한 그 눈빛들이 내게로 향했다.

— 모일 사람은 전부 모인 것 같군. 언제까지 패잔병마냥 그러고 있을 것이냐. 일어서라.

두 기사단장이 검을 지팡이 삼아서 겨우 몸을 일으켰다.

수천 명이 집결해 있지만 어떤 소리도 나지 않는다.

— 이제부터. 너희와 짐의 차이를 명백히 깨닫게 해주마. 짐과 너희가 속한 영역의 차이를.

스스슷.

지면을 박차자, 빠른 바람들이 전신을 스치고 지나갔다.

* * *

쾅!

정면의 진형, 적색 기사단과 충돌했다.

만들어진 빈틈으로 파고들면서 앞에서 내리꽂듯 들어온 공격을 오른손으로 받아넘겼다.

간단한 동작에 불과해도 순간적으로 끌어당기는 기운은 그네들이 지금껏 한 번도 겪어 보지 못한 것이다. 녀석의 중심이 내 쪽으로 무너졌다.

푸른색으로 이뤄진 호선(弧線)이 빠르게 나타났다가 사라졌다.

투구 안으로 비친 두 눈에 당혹감이 서린 것도 잠깐이었다.

빠악!

찍어 올린 내 무릎에 그 소리가 크게 울렸다. 녀석은 잔뜩 눌려졌다가 펴진 스프링마냥 뒤쪽으로 날아가며, 후방에 위치해 있던 다른 기사들을 볼링 핀 같이 쓰러트렸다.

쉭쉭.

이어서 푸르스름한 기운이 맺힌 두 검이 양옆에서 찔러 들어왔다.

검기(劍氣)를 만들어 낼 줄 아는 이들다운 공격이다.

속도, 무게, 기세. 언제고 공수 전환이 가능한 자세.

무도(武道)를 걷는 자라면 추구해야 할 이상적인 공격이라 할 수 있다.

그러나 안타깝게도 그들은 운이 없었다. 그들이 속한 세상과 내가 속한 세상 사이에는 너무나도 큰 벽이 있었다.

허리를 활처럼 뒤쪽으로 꺾었다.

두 검이 내 배 위의 허공을 가로지르길 기다렸다가 독사출동(毒蛇出動)의 수법으로 양팔을 뻗었다.

내 손이 닿자마자 둘의 몸이 거꾸로 휙 돌았다. 나는 바닥으로 떨어지는 그것들의 얼굴을 향해 왼발을 짧게 두 번 차올린 다음, 오른발로 지면을 밀었다.

내가 갑자기 몸을 회전시키며 코앞에 나타나자, 내 후면을 공격하려고 했던 기사의 눈이 휘둥그레졌다.

"흡!"

녀석의 검에도 사방에서 검기를 피워 올리는 다른 녀석들의 검들처럼, 강맹한 기운이 충분히 서려 있었다.

그러나 녀석은 검을 휘두르기보다는 검을 쥐고 있던 주먹과 다른 주먹을 연거푸 뻗어왔다. 거리 때문이다.

현명한 판단.

마치 권법(拳法)의 대가가 뻗는 듯한, 주먹이 눈앞에서 두 번 번쩍였다. 하지만 그것들은 내게 닿지 못했다. 그두 주먹이 제 주인에게로 회수되기 전에 양팔 사이에 끼우고 들어 올렸다.

그리고 우직.

녀석의 팔꿈치 관절이 끊겼다.

"악!"

외마디 비명과 함께 앞으로 꺾이는 녀석의 등을 밟아 가볍게 튀어 올랐다.

살짝 높은 시점.

인근에는 갑옷에서 이는 반사광과 기사들의 검에서 은은히 흐르는 푸른빛이 한데 뒤섞여 묘한 빛의 향연을 만들고 있었다. 그리고 적색 기사단 진형 밖으로는 새까만 머리통과 그것들의 사이사이로 삐쭉 솟아나 있는 긴 병기의 날들이 뜰을 가득 채우고 있었다.

나는 땅을 딛으면서 동시에 들어오는 세 개의 검기(劍氣)를 수도로 갈랐다. 주위에 벌어졌던 공간 안으로 들어온 녀석들이 행한 공격이었다.

앞에 녀석의 오른허벅다리를 오른발로 내리차고, 우측 녀석의 관자놀이를 왼발등으로 차주고, 좌측 녀석은 오른 주먹으로 가슴을 가격했다.

그네들의 방어수단, 즉 헬멧과 갑옷을 이루고 있는 철편(鐵片)들을 때린 것에 불과해 보일지언정, 하나는 다리가 부러지고 다른 하나는 혼절했으며 다른 하나는 뒤쪽으로 날아가 동료 기사들에게 부딪쳤다.

앞에서 나뒹굴고 있는 녀석을 뛰어넘었다. 그리고 전방으로 주먹을 뻗었다.

거기에 있던 녀석은 완벽한 전투태세였다.

황궁을 어지럽힌 괴물 같은 자를 처단하기 위해, 그는 아마도 최선을 다하기로 했을 것이다. 그런 마음가짐이 얼굴에 고스란히 드러나 있다.

그래서 온몸을 긴장으로 깨우고 검날에는 혼신의 힘이 담긴 푸른빛을 띄웠다.

그렇게 녀석은 두 눈을 부릅뜬 채 나를 노려보고 있었다.

그럼에도 불구하고 녀석의 몸은 내 주먹에 반응하지 않

앗다. 내 주먹이 녀석의 흉갑을 때렸다. 녀석은 몸이 붕 떠오르고 난 뒤에서야 자신에게 일어난 일을 깨달았다.

그건 비단 녀석뿐만이 아니다.

녀석의 양옆과 녀석의 뒤쪽으로 밀려들어 오고 있던 넷 또한 마찬가지였다.

육중한 갑옷을 걸친 일곱이 한 번에 뒤쪽으로 날아가며, 마찬가지로 동료 기사들을 쓰러트렸다. 갑자기 날아드는 동료를 받아들이려던 자들은 아할에게 그러했던 적색 기사단장과 같은 꼴을 면치 못했다.

앞선 일곱 때문에 전방의 시야가 잠깐이나마 환해졌다.

스윽.

몸을 뒤쪽으로 틀면서 오른발을 뺐다. 그러자 정면으로 서 있었다면 등을 뚫고 지나갔을 검기가 내 가슴 앞을 스치고 지나갔다.

녀석은 거기서 그만뒀어야 했다.

연격을 이으려는 무리한 욕심이 보였다.

녀석의 몸이 내 안쪽으로 들어왔다. 또한 검날이 비틀어졌다. 찌르기에서 베기로 전환되는 것이 보인다. 예컨대 사일검(射日劍)이 분광검(分光劍)으로 이어지는 초식과 흡사하다.

탁!

나는 녀석의 오른손목을 붙잡아 앞으로 끌어당겼다. 그
런 다음 남은 한 손으로 놈의 오른팔꿈치를 눌렀다 폈다.
　우직.
　관절이 부러진 녀석을 내팽개치고, 약간 시간의 차이로
들어오는 좌측과 우측의 공격들을 모두 받아넘겼다.
　푸른 검기 두 개가 비스듬한 궤적을 그리며 바닥으로
꺼졌다. 주인을 잃은 두 검이 바닥에 꽂혀서 부르르 떨렸
다.
　두 녀석이 검을 놓쳤다는 것을 알아차리기도 전인 짧은
찰나의 순간.
　퍽퍽퍽!
　내 주먹이 두 녀석의 가슴을 서너 번 때리고 돌아왔다.
　손에 사정을 두었기 때문에 두 녀석은 절명하는 대신
멀찍이 튕겨 날아갔다. 그 방향에 서 있던 기사들이 녀석
들과 함께 부딪쳐 넘어지는 광경들이 또 다시 펼쳐졌다.
　한 호흡이 지나기도 전.
　팔이 기형적으로 꺾여서 주섬주섬 일어서고 있던 녀석
은 재빠르게 그 자리에 빠지고, 네 녀석이 빈 사방위(四方
位)를 채우며 득달같이 달려들었다. 투구 안에서 퍼런 불
들이 번뜩거렸다.
　화악!

넷은 시간차 없이 동시에 합격(合格)했다고 생각했을지도 모른다.

그러나 내게는 초와 초 사이에 있는 약간의 간격들이 너무도 잘 보였다.

가장 먼저 들어온 건 좌측의 검기였다. 과녁을 뚫듯 공간을 가르며 날아왔다. 그다음으로, 후방과 우측 그리고 전방 순이다.

철벽이라도 그대로 갈라버릴 검기가 사방위에서 쇄도해 들어온다.

하지만 내가 그 회심의 공격들마저도 너무도 손쉽게 피해버리자, 그들의 얼굴에 놀라움이 물들었다. 내 쌍장(雙掌)에서 터진 장력이 그들을 휩쓸고 지나갔다. 그들은 흉갑에 찍힌 손바닥 자국을 내려다보면서 동시에 뒤로 넘어갔다.

이어서 넷이 추가로 몸을 던져 왔으나, 쓰러진 제 동료들 위로 한 겹이 더 쌓이는 역할밖에 되지 않았다.

나는 한 녀석의 배를 밟고 지나갔다.

내가 움직이자 정면에 있던 무리들의 얼굴이 잔뜩 심각해졌다. 그런데 직전의 동료들처럼 먼저 선수 공격을 해오지 않고 방어 자세를 취하기 시작했다.

그럴 수밖에 없게도.

적색 기사단 중 반절, 스물다섯 명이 전투불능 상태에 빠지는 데 걸린 시간은 많이 봐줘야 십 초 내외에 불과했기 때문이었다.

적색 기사단은 한 명도 빠짐없이 쓰러져 있었다.

누구는 골절된 팔과 다리를 붙잡고 신음하고, 누구는 혼절해서 아무런 소리도 없었으며, 누구는 일어서려고 하지만 일어나지를 못한다.

그리고 나는 그런 그들의 중앙에 우두커니 서서, 내가 만들어 놓은 영역으로 들어오지 못하는 좌중(座中)들을 바라보았다.

모두가 경악에 빠져 있다.

그만큼 적색 기사단에게 가지는 신뢰는 대단했었던 것 같다.

그럴 만은 하다.

적색 기사단 기사 오십 인은 한 명 한 명이 뛰어난 고수였으니까.

검신합일(檢身合一)을 이룬 자들로, 검을 제 몸의 일부분처럼 자유자재로 다루고 쌓아올린 기운도 중원의 동년배들에 비해서 높았다.

필시 적색 기사단은 금색 기사단과 함께 제국 기사단의

주력을 담당하고 있었을 것이며, 불패(不敗), 무적(無敵) 따위의 수식어가 항상 따라붙었을 테지.

그런 그들이 순식간에 제압당했다는 것은 제국인들에게 충격적인 사실일 수밖에 없었을 것이다.

더욱이 나는 조금도 지친 기색이 없거니와 털끝 하나 다친 구석이 없기까지 했다.

이들은 감히 생각이나 할 수 있을까?

적색 기사단이 그들에게 어떤 가치를 지니든, 내게는 고작해야 인간들로 이루어진 집단일 뿐.

내가 하고자 한다면 그것이 기사든 병사든 황족이든지 간에 황성 내 모든 사람들을 죽이고, 이 웅장한 황성마저도 한 줌의 재로 만들어 버릴 수 있다는 것을?

제국 전체와의 전쟁?

지금으로써는 그럴 이유가 없지만 해야 한다면 할 수도 있다. 힘을 한곳에 응집시켜서 쾅! 하고 부딪치는 게 아니라면, 치고 빠지는 나를 무슨 수로 붙잡을 수 있을까?

화악.

나는 뒤쪽에서 다가오는 두 사람을 향해 몸을 틀었다. 적색 기사단장과 금색 기사단장이 오던 자리에서 멈춰 섰다. 전의(戰意)를 품고 다가왔던 것 같았으나, 나와 눈이 마주치는 순간 그들의 눈이 잿빛으로 흐릿해졌다. 그렇게 딱 굳었다.

둘의 얼굴이 붉게 달아오른 것은 직전에 입은 내상 때문만은 아니었을 게다.

둘은 내 눈에서 공포를 봤다. 나와 대적할 수 없음을 느꼈다.

그럼에도 검을 들 수밖에 없는 게 그들이 처한 현실이었다. 제국 병사와 기사들은 이미 험한 꼴을 당했던 둘에게 여전히 신뢰의 눈빛을 보내주고 있었다.

뚜벅.

둘이 다시 걸음을 떼자 굳어있던 병사와 기사들도 움직였다.

한 걸음.

둘이 가까워지고, 나를 둘러싼 수천 명도 조금씩 좁혀들어 온다.

나는 끌어올릴 수 있는 극성의 공력 전부를 방출했다.

쿵!

몸속에서 큰 소리가 났다.

일순간 중심을 잡기 힘든 강력한 진동에, 병사들이 비틀거리며 웅성거렸다. 그것은 시작에 불과하다. 나를 진원으로 한 대지의 파열(破裂)이 거미줄처럼 쩍쩍 갈라져

나간다.

전신에서는 용암같이 선명한 붉은 기운들이 스믈스믈 피어오르고, 내가 돌리는 고개에 따라 두 눈에서 흘러나오는 안광이 허공에 붉은색 궤적을 남기며 따라붙었다.

한 걸음.

이번에는 내 쪽에서 내디뎠다.

그러자 수천 명의 병사들이 서로 밀치고 넘어지며 뒤로 물러나기 시작했다.

제8장

차갑게 식은 의자

　뜰과 지척에 있던 외탑들은 피사의 탑처럼 기울어버리고, 지면은 거대한 포격이 작렬한 듯 구멍이 뻥뻥 뚫리거나, 단층면이 보일 정도로 깊게 갈라져 있다.

　큰 전투가 휩쓸고 지나간 흔적들이다.

　"으…… 으……."

　주변은 온통 신음 소리만이 가득했다.

　아귀도에 빠진 귀신들이 먹을 것을 찾기 위해 지옥 바닥을 기는 것처럼, 부상자들은 꿈틀거리면서 고통을 호소하고 있었다.

　그렇지만 누구도 인식하고 있지 못하는 것 같다.

단지 다쳤을 뿐, 그 누구도 죽지 않았다는 사실을…….

"$H \varepsilon \alpha \lambda \ H \alpha \nu \delta$"

하얀빛에 둘러싸인 손을 어깨에 댔다.

따끔거리게 나를 괴롭히던 통증이 일순간 사라졌다. 이
어서 옆구리 쪽의 깊은 자상(刺傷)도 같은 식으로 빠르게 아
물었다. 나는 신묘한 이 요술에 감탄하면서 아할에게 다가
갔다.

그는 부상병들 사이에서 통나무처럼 꼿꼿하게 누운 자세
로 눈만 깜박거리고 있었다.

탁.

내가 탄지(彈指)를 튕기자, 그가 목을 주무르면서 몸을
일으켰다. 자리에서 일어난 그는 아무도 죽지만 않았을 뿐,
지옥도(地獄道)와 다를 게 없는 주변 광경에 고개를 설레설
레 저었다.

— 마법사들은 한 명도 보이지 않는군. 모두 보겐과 조카
놈을 지키고 있는 것이겠지? 아니, 전부 도망쳤겠어. 그렇지?

"번왕(藩王)과 영주들이 이곳으로 몰려올 겁니다. 전하."

— 짐이 그것들을 신경 쓸 것 같으냐?

아할은 잠시 입을 다물고 주변 광경을 재확인했다.

"이루고자 하시는 게 무엇이십니까? 제국의 파멸입니
까?"

— 그랬다면 이것들을 살려 뒀을까. 본래 짐의 것을 되찾을 것이다.

"전하. 지금 같은 방식으로 한계가 있습니다."

— 짐을 떠보려거든 그만두거라. 아할. 이제 정계가 어떻게 흘러갈지는 누구보다도, 네놈이 더 잘 알 것 아니냐.

아할은 깊은 한숨을 내쉬었다.

"제국이 반으로 갈라질 겁니다. 선황(先皇)께서 어찌 이룩하신 제국입니까. 선황께서 전하를 명명(命名)하기를 쉴트(방패)라 하셨습니다. 헌데 전하께서는 제국을 쇠약하게 만들고 계십니다."

— 닥쳐라. 네놈의 잔소리를 듣기 위해 돌아온 내가 아니다. 남겠느냐. 가겠느냐?

"남겠습니다."

— 그럴 거라고 생각했다. 네놈이 간자(間者) 노릇을 하든 안 하든, 내게 어떤 영향도 미치지 않을 것이라는 걸 모르진 않겠지?

"어찌 모르겠습니까. 전하께서는 많은 것을 보여주셨습니다. 실로 경이로운……."

— 남기로 했다면 이제 해야 할 일들을 하거라. 가서 황족들을 모두 짐 앞으로 데리고 오너라. 그리고 그들은 짐 앞에서 무릎을 꿇어야 할 것이다.

"전하께서 바라시는 대로 될 것입니다."

아할이 허리를 숙였다.

— 그리고 보겐과 조카 놈에게도 전하거라. 당장 짐 앞에 나타나지 않는다면, 짐이 직접 가서 두 놈의 목을 베겠노라고.

"전하!"

— 못 할 것 같으냐? 오십 년 만에 돌아온 형과 삼촌을 먼저 저버린 게 그것들이다.

"……."

— 어디에 숨어있든, 얼마나 많은 기사와 병사들이 그들을 보호하고 있던 무슨 상관이랴. 그것들의 목숨은 이미 짐에게 달렸다. 사실 그것들을 베어버리면 지금보다 많은 게 편해지겠지. 하지만 짐은 짐과 같이 선황의 피가 흐르는 그들에게도 기회를 주고 싶구나. 다른 이들 말은 듣지 않아도 네놈이 하는 말이라면 듣는 시늉이라도 하겠지.

나는 계속 의념을 보냈다.

— 짐에게 지금 필요한 건 질서다. 때론 잔인함이 질서를 만든다지만, 네놈이 보고 있다시피 그건 잠시 미뤄두겠다.

내가 무슨 말을 하고 있는지 모를 아할이 아니었다.

"하아……."

두 번째 내쉰 한숨은 영혼까지 내뱉는 것처럼, 첫 번째 한숨보다 훨씬 더 길고 맥이 쑥 빠졌다.

아할이 한숨을 내쉬면서 힘을 쥔 양손으로 제 머리를 쥐어 짰다. 잠깐 사이에 그의 얼굴이 부쩍 더 늙어버린 듯했다.

— 그래. 이제 얼마나 많은 제국민이 희생될지는 네놈하기에 달렸다. 가라. 바쁘신 몸을 계속 붙잡아 둘 순 없지. 일단 황족들을 교육시켜서 데려오는 것부터 시작하거라. 짐은 아틀러에 있겠다.

획.

나는 신음으로 가득 찬 전장에서 본성 안으로 걸어 들어갔다.

본성 정문 쪽에는 본성 안에서 일하는 관리들이 웅성거리며 모여 있었다. 내가 정문으로 향하는 계단을 밟아 가자, 그네들은 고양이를 본 쥐처럼 성안으로 재빨리 도망쳤다.

그런 식으로 걸어가는 와중 마주치는 사람은 거의 없었다.

계단을 밟고 몇 개의 층을 올랐다. 기사 셋과 마법사 둘이 아틀러라고 불리는 황제 부부의 침실 문 앞을 딱 지키고 서 있었다.

나는 모퉁이를 돌자마자 몇 개의 검기(劍氣)를 전방으로 쏘아 보냈다.

쉭.

붉은 줄기가 눈 깜짝할 사이에 일직선으로 뻗어 나가 그들의 뺨을 스치고 지나갔다. 한끝 차이로 죽음과 삶의 경계

에 있었다는 것을 인식했던지, 그들의 얼굴이 새파랗게 질
렸다.

그들은 결정하지 못하고 있다가, 내가 바로 앞에 이르러
서야 넋이 나간 사람처럼 길을 비켰다. 그들이 서 있던 자
리는 복도 밖으로 난 창을 통해 뜰의 정경이 훤히 보이는
곳이었다.

나는 침실 문을 열고 들어갔다.

끼이익.

충계를 오르면서부터 알고 있었다. 방에는 아무도 없었
다. 침대 위에 가지런히 깔려있어야 할 이불이 바닥에 흘러
내려와 있고, 철제로 된 큰 상자는 내용물 하나 없이 훤히
열려 있었다.

일전에 호화스러움의 극치였던 바그다드 궁전을 겪어봤
던 탓에 금장으로 꾸며진 실내 구성 따위에는 별 감흥이 없
었다.

나는 황제의 것이 분명한 일인용 소파를 끌어당겨, 들어
오는 자들이 훤히 보이는 곳에 다리를 꼬고 앉았다.

"비켜라."

그때.

란테모스의 목소리가 복도에서 울렸다.

그가 기사와 마법사들을 밀치며 들어오고, 그 뒤를 이어

엘라가 큰 죄를 지은 죄인 같은 기색으로 바닥만 쳐다보며 들어왔다.

침실 내부를 쭉 한 번 둘러보는 란테모스의 얼굴에 괴팍스런 미소가 드리웠다. 그가 끌끌거리는 웃음소리를 내면서 방문을 닫았다. 그리고는 마법 시동어를 짧게 읊었다.

대자연의 기운이 일종의 기막(氣膜)처럼 방 안을 감싸는 걸로 봐서는, 언젠가 그가 설명했던 침묵 마법인 게 분명했다. 그 즉시 란테모스가 미친 듯이 웃어 젖혔다.

"크하하하!"

광증(狂症)이 도지면 그럴까 싶을 정도로 한참이나 웃어 댔다.

그의 눈동자가 시시때때로 이상한 빛으로 번질거렸다.

그러던 문득 웃음을 멈추며, 탁장 위에 있던 유리 예술품 하나를 집어 벽에 던졌다. 정확히 말하자면 황가의 문장이 음각으로 새겨진 벽을 향해서였다.

"꼴 봐라! 한 사람을 당해내지 못하면서 제국은 무슨 제국!"

— 란테모스

란테모스는 뜨거운 콧바람을 뿜으면서 내 쪽으로 몸을 돌렸다.

흥분으로 달아오른 그의 얼굴이 시뻘겋다.

— 뒷일은 네게 맡기지. 황성을 통제하고 대신들과 접촉하거라.

"그러겠습니다. 주.인.님. 상황과 황제는 어쩌실 겁니까?"

— 그것들이 목숨을 유지할 수 있는 방법은 하나뿐이다.

힘을 개방하기로 한 이상, 내가 원하는 대로 방향을 이끌어 갈 수 있다.

전쟁을 계속할 수도 있고, 상황과 황제를 죽이거나 혹은 아무도 모르는 곳에 감금한 뒤에 내가 그들의 행세를 할 수도 있고, 아니면 이대로 오십 년 전의 승계권을 주장하면서 귀족들을 회유할 수도 있다.

본래 목적이야 옥제황월의 안방을 먼저 차지하고 앉는 것이었으니 어떤 방식으로든 목적을 이루는 셈인 것이다.

다만, 방향성에 있어서 인명 피해만큼은 피하는 방식으로 유도하고 싶다.

— 란테모스

"예. 주.인.님."

— 잊은 것 같은데 상기시켜 주지. 우리의 적은 여기에 없다. 저기에 있지.

그러면서 나는 손가락으로 위를 가리켰다.

— 과연 여기가 우리의 안식처가 될지는 지금부터 두고

볼 일이다.

"예."

— 가라.

란테모스를 보낸 다음, 꿔다놓은 보릿자루처럼 서 있던
엘라에게는 금장 레이스로 치장된 침실을 가리켜 보였다.

엘라는 침대 앞에 서서 한참을 망설였다. 홍등가(紅燈街)
에서 몸을 팔던 창녀라고 해도, 그녀 앞의 침대가 제국 황
제와 황비만이 누울 수 있는 비밀스런 장소라는 것을 모를
리 없었다.

그러던 그녀가 재빠르게 침대 위로 뛰어올라 이불을 끌
어당겼다.

눈만 빠끔히 빼서 앞을 쳐다보는 데, 한 무리의 사람들이
방 안으로 밀려들어 오고 있었다.

그들은 들어오자마자 무릎부터 꿇었다.

늙은이부터 아이까지 연령이 다양하고 성별도 남녀 구분
이 없었다. 황족 배지만 달고 있지 않았을 뿐, 황족임을 자
처하는 화려한 의상을 입은 자들이 끊임없이 들어왔다.

한 여성이 눈에 띄었다.

모두 고개를 숙이고 있지만 곱상하게 늙은 그 여성만큼
은 내게서 눈을 떼지 못했다. 그녀가 옥제황월의 동생인,
공주 미스텔인 것 같았다.

모두의 걱정스런 눈빛에도 불구하고, 그녀는 사람들 틈을 조심스럽게 밟으며 내 앞으로 다가왔다.

끔벅끔벅.

그녀의 눈꺼풀이 빠르게 닫혔다 열리길 반복했다. 그녀는 어떤 말도 하지 못하고, 선 자리에서 주저앉고 말았다.

그때 아할이 로브를 펄럭이며 마지막 무리를 인솔하며 들어왔다.

— 모두에게 전해라. 짐이 누구인지.

아할은 탐탁지 않은 얼굴로 고개를 한 번 끄덕였다.

그는 어쩔 수가 없다.

그가 내 옆으로 다가와 모두를 향해 몸을 돌렸다.

"경배(敬拜)하십시오. 슈베르트 카이저 쉴트 전하께서 돌아오셨습니다."

모두가 무릎을 꿇은 채로 공손하게 허리를 숙이기 시작했다.

보고 있느냐. 옥제황월. 그 옛날 네놈이 내게 그러했듯이 이번에는 내가 네놈 세상 안으로 들어왔다. 네놈이 받아야 할 절을 내가 받고 있고, 네놈이 앉아야 할 의자에 내가 앉아 있다.

네놈이 돌아올 이 제국은 지금부터 천천히 죽어갈 것이다.

자 이제 어떻게 할 테냐. 네놈 차례다.

네놈 패를 확인해야겠다.

*   *   *

놈으로 역용하고 황성에 들어온 것은 비단 시간을 벌기
위함만은 아니었다. 이 일로 인해 놈을 포함한 적 진영의
형세를 확인할 수 있을지도 모른다는 기대가 있었다.

나는 백운신검, 옥제황월, 다섯 드래곤으로 이어지는 적
진영의 결착에 항상 의문을 가져 왔었다.

의문은 그 날부터 시작됐다.

드래곤이 나타난 그 날, 동료 없이 혼자서만 나타났던 그
날 말이다.

삼황(三皇)들과는 경우가 다르다.

드래곤은 그들과 달리 흑천마검의 진정한 정체를 인지하
고 있었다.

그러면서도 혼자 나타났다. 물론 그날 감행했던 드래곤
의 힘은 상상을 불허할 정도로 가히 대단했으나, 결과는 그
들이 원하는 대로는 흘러가지 않았다. 따지자면 보합(保合)
정도에 불과했다.

드래곤 하나가 아니라 둘 이상 혹은 합일한 옥제황월과

백운신검이 왔었다면 결과는 완전히 달라졌을 것이다.

더 더욱이 흑천마검과 내가 합일할 것을 염두에 두었다면 혼자가 아니라 총력을 기울였어야 했다.

그러나 드래곤은 혼자였고 바라는 바를 이루지 못하고 떠났다.

왜 혼자 왔을까?

혼자서만 왔어야 하는 불가피한 이유가 있었던 것일까?

그런 식으로 다가오는 여러 의문들은 옥제황월의 부재 (不在)로 이어진다.

놈은 나로 인해 팔을 잃었다. 목숨을 잃을 뻔했다.

전화위복이라고, 그 일로 인해서 그렇게 바라던 고향 세상으로 돌아오게 되었다지만 그렇다고 원한까지 상쇄되는 것이 아니다.

놈은 원한을 잊을 성향의 인간이 아니다. 마음에 담아둔 것이 있다면 과감하게 행동으로 옮기는 타입이기도 하다.

다시 말하건대 드래곤이 하늘에 우주 공간을 열었던 그날, 놈도 다른 드래곤들과 함께 그 자리에 왔어야 했다. 놈마저 백운신검과 합일했었다면 나는 이 세상에서 쫓겨나는 것으로 그치는 게 아니라 목숨을 잃었을지도 모른다.

하지만 향수를 넘어선 과도한 집착까지 있었을 이 황성이, 내 손아귀에 들어온 지금까지도 놈은 깜깜 무소식이다.

놈은 몇 번이고 내 앞에 나타날 수 있는 기회와 그렇게 해야만 하는 충분한 이유가 있었다.

그러나 그러지 않았다는 것은 내게 여러 가지 생각할 거리를 던진다.

우선.

놈이 여기에서 벌어지는 상황을 모르고 있다고 가정해 보자.

애초에 아무것도 모르는 것이다.

하지만 왜?

의문이 어김없이 따라붙는다.

드래곤들과 백운신검이 놈에게 이러한 실정들을 감추고 있는 이유는 무엇이고, 그토록 고대하던 고향에서 돌아와서 어떤 행적도 남기지 않았던 놈의 부재(不在)를 어떻게 설명할 수 있을까.

일단 놈에게 사실을 숨기고 있다는 것부터가 결착이 공고하지 않음을 증빙한다.

반대로 놈이 여기에서 벌어지고 있는 상황을 모두 알고 있다고 가정해 보면, 가정할 수 있는 여러 경우들 중에 '자유로이 운신할 수 없는 상태' 쪽이 가장 힘이 쏠린다.

자유로이 운신할 수 없는 상태라는 것은 아직 몸이 낫지 않았거나 모종의 이유로 인해 행동이 강제되고 있다는 것이다.

이 세상에 존재하는 기묘한 힘들로 볼 때 (더욱이 놈은 신급으로 추앙받는 존재들과 함께 있다.) 아직까지 몸이 낫지 않았다는 것은 사리에 맞지 않다.

그러면 남은 하나는 행동이 강제되고 있다는 경우뿐인데, 이 또한 그들 진영의 불협화음을 알려주고 있는 꼴이나 마찬가지가 아닌가?

백운신검과 드래곤들이 놈에게 지금까지의 실정을 모두 감추고 있는 경우와 놈이 드래곤들로 인한 어떤 이유 때문에 운신할 수 없는 경우.

따지자면.

두 경우 중에서는 후자 쪽이 신빙성(信憑性)이 더 높다고 본다.

일전에 흑천마검이 했던 말까지 종합해보면 역시나 적 진영은 견고하지 못하다. 서로 필요에 의해서 동맹을 형성했든, 어느 쪽의 일방적인 권압에 의해서 그렇게 됐든 말이다.

물론 확신하기에는 더 두고 볼 일이지만 의문이 어느 정도 풀렸다

일단 확인하기 위해서라도 옥제황월, 놈의 것을 완벽히 차지하고 볼 일이다.

"상황과 황제부터 끌고 와야겠지. 큭큭……."

*　　　*　　　*

창밖 저 멀리로 황성 전체를 에워싼 군단이 보였다.

여러 영주들이 보낸 무장병(武裝兵)들이 수도 시가지 곳곳을 개미 떼처럼 채우고 있었으며, 사방으로 뻗은 수도 밖 관도(官途) 쪽에서도 쉴 새 없이 밀려오고 있는 군대들이 보였다.

란테모스는 쉽게 무너진 황성과 도망친 통치자 둘을 비웃었지만.

제국은 제국이다.

순간 동원 능력이 놀랍다.

황성에서 문제가 터지자마자 벌집을 들쑤셨던 것처럼, 수도와 맞닿아 있던 영지들에서 군사들이 움직였다.

그러나 황성을 포위만 할 뿐 진입 시도를 하지 않는다.

대기 상태다.

영주들이 상황과 황제의 명령을 기다리고 있는 동안, 두 통치자는 아할과 대화를 나누고 있을 것이다. 하지만 지금까지 소식이 없는 걸로 봐서는, 더 시간을 줘봤자 무의미하다고 생각했다.

나는 창문을 열고 몸을 던졌다.

북쪽의 영주가 가장 강한 군세를 이끌고 왔다. 군세는 곧 제국 내 입지를 대변한다.

타탓!

성벽을 밟고 튀어 올라 한 번 더 높게 치솟았다. 그리고 는 꿍음과 함께 북문 앞쪽의 시가지 중앙, 군 집결지에 떨어져 내렸다.

콰앙!

일대의 병사들이 사방으로 튕겨 날아갔다.

누가 명령을 내리지 않아도, 영주의 기사들은 무엇을 해야 하는지 알았다. 그들이 소리를 지르면서 말과 함께 돌진하기 시작했고, 간신히 충격에 미치지 못했던 병사들 또한 폴액스와 닮은 긴 병기를 앞세우며 달려들었다.

그러나 내 손짓 한 번에 병사들이 추풍낙엽(秋風落葉)처럼 쓰러지니, 병사들은 더 이상 쉽게 다가오지 못하고 달려오는 기사들을 위해 길을 비켜주었다.

나도 기사들을 마주 보고 달렸다.

이 세상의 기사들은 후천진기를 이용할 줄 안다. 이를테면 그들이 멀찌감치에서 휘두른 검격에는, 말의 가속력에 공력까지 담겼다.

쉬이이잇!

어떤 것은 구붓하게 이지러진 초승달의 형상으로, 어떤 것은 날카로운 창의 형상으로 빠르게 날아들었다.

"하!"

외마디의 사자후가 내 입에서 터져나간 순간, 그것들이 파도에 휩쓸린 모래성마냥 음성이 나간 반대 방향으로 쓸려 사라졌다. 동시에 놀란 말들이 아무렇게나 날뛰었다.

날랜 몸놀림으로 안장에서 몸을 날린 기사들이 내 머리맡으로 검을 휘두르며 떨어져 내린다.

이들을 이끌고 온 영주는 눈에 띄는 곳에 있었다. 그는 백마에 도도하게 앉아서 흥미로운 감정이 실린 눈으로 이쪽을 바라보고 있었다. 아직 어떤 위협도 느끼지 못하고 있다. 그저 일상의 단조로움을 깨울 만한 잠깐의 사건 정도로 치부되는 그의 생각이, 나를 바라보는 그 두 눈에서 읽혀졌다.

그러던 그의 표정이 몽롱하게 변했다가 두 눈이 부릅떠졌다.

그때 내게 몸을 날렸던 기사들은 제 몸을 가누지 못한 채 허공에서 떨어져 내리고 있었다.

마치 우박처럼.

"뭘 보고만 있느냐."

영주가 재촉하기 전에 이미, 그의 주위에 있던 마법사들이 입술을 움직이고 있었다.

"$\Sigma \lambda \ \varepsilon \ \varepsilon \ \psi$"

상황에 따른 수칙이 있던 것처럼 모두가 같은 주문을 외웠다. 발밑에서 올라오는 대자연의 기운을 느끼고 살짝 몸을 띄웠다.

불이나 얼음 따위가 아니다.

검은색으로 이루어진 기운의 덩어리. 그 네 개 중 세 개는 내 움직임을 따라오지 못하고 허공으로 흩어졌지만, 한 개는 내 몸 안으로 스며드는 중이었다.

졸리다?

그렇지만 웃음이 나왔다.

얼마 만에 느껴보는 수면 욕구란 말인가!

정말로 흥미진진하게도 눈이 한 번 감기자 뜨고 싶지 않았다.

탁.

손가락을 튕긴 그 시점에서 내 몸으로 들어왔던 대자연의 기운이 일순간 사라지는 것이 느껴지며, 눈이 확 떠졌다.

마법사 넷 전부가 뒤로 넘어가는 광경이 제일 먼저 두 눈 안으로 들어왔다.

그들의 이마로 탄지(彈指)가 뚫고 지나간 조그마한 구멍이 또렷하게 보였다. 마법사들이 쓰러진 뒤에서야 그 구멍 밖으로 핏물이 울컥울컥 흘러나왔다.

영주는 조금도 지체하지 않고 말머리부터 돌렸다. 큰 전투 방패를 지닌 병사들이 영주가 있던 자리로 들어오고, 영주 뒤쪽에서도 한 무리의 기사들이 또 달려오고 있었다.

쿵.

발을 굴렀다.

나는 서 있던 그 자리에서 곧바로 총알처럼 튕겨져 날아갔다. 그대로 영주의 목덜미를 움켜잡아 말 아래로 끌어내렸다.

내게 달려오던 모든 기사, 병사들의 움직임이 딱 멈췄다. 오로지 놀란 백마(白馬)만이 열려진 길을 찾아 달려갈 뿐이었다.

"살아 돌아가지 못할 것이오. 당신의 정체가 무엇이든지 간에 일을 너무 크게 벌였소."

영주가 대뜸 말했다.

나는 어떤 말을 하기 보다는 기풍(氣風)을 터트렸다. 동시에 허공에 대고 손날을 몇 번 긋기도 했다.

영주가 눈을 질끈 감고 있는 동안 많은 일들이 일어났다. 그가 눈을 떴을 때에는, 그가 그리도 믿던 주위의 기사와 병사들은 모조리 바닥 위를 기고 있었다.

시가지로 들어가는 진입로 쪽 모퉁이 너머, 그렇게 멀리 떨어진 곳에 위치한 병사들만이 맹한 얼굴로 우두커니 서 있었다.

영주는 황성에서 아할과 두 기사단장이 보여줬던 똑같은 표정으로 침을 꿀꺽 삼켜 넘겼다.

— 짐이 누구인지 모르지 않겠지?

"……."

— 모를 리가 없을 것이다. 허나 이번만큼은 용서해 주마. 모두 보겐이 시킨 짓일 테니까. 보겐은 어디에 있느냐?

"……."

— 이 근처 어딘가에 숨어 있다는 걸 안다. 네놈이 답하지 않더라도 한 바퀴 쭉 돌면 금세 찾을 수 있겠지. 어디 있느냐?

그러나 영주는 대답하지 않는다.

나는 영주의 잡고 있던 목을 밀치며, 영주를 놓아주었다.

— 멍청한 것. 꺼져라. 시류(時流)를 읽지 못하는 놈은 아래에 두고 싶지도 않다. 다신 짐을 대면할 수 없을 줄 알거라.

영주가 목을 쓰다듬으면서 나를 응시했다. 내가 몸을 들리던 그 즉시, 등 뒤로 영주의 떨리는 목소리가 들려왔다.

"라인 후작……."

처음에는 목소리가 무척이나 작았다.

그러나 나와 눈이 마주치던 순간 한순간 목소리가 증폭됐다

"라인 후작에게 가보시오."

그의 눈빛에 굳은 결심이 서렸다.

— 모르는 이름이군.

"남문으로 가보시오. 상황 전하와 황제 폐하께서는 라인 후작과 함께 있소."

*　　　*　　　*

시가지를 관통해 남문으로 향했다

이루 헤아릴 수 없는 많은 병사들이 시가지를 가득 메웠다. 북문 쪽 집결지가 아수라장이 된 것을 누구도 모르는 채, 황성으로 행진하고 있었다.

마찬가지로 그들이 잡아야 할 사람이 하늘 위에서 떨어져 내리고 있음에도 불구하고 누구도 알아차리는 사람이 없다.

나는 한 병사의 투구를 밟고 다시 하늘로 솟구쳐 올랐다. 그리고 나서야, 주변 병사들의 놀란 시선이 따라붙었다.

그때마다 간헐적(間歇的)으로 소란이 일어날 뿐, 그들이 뒤쫓아 오기에 나는 유령 같은 존재였다. 갑자기 나타났다가 금세 사라지고 만다.

남문에도 기사와 병사들이 집결해 있었다.

그들의 위에 떨어져 내리기보다는 종탑 꼭대기 위에서 멈춰 전방을 굽어살폈다.

이번에도 상황과 황제가 공간 이동 마법으로 도망쳐버리면 장기전으로 흘러갈 수밖에 없는 상황인지라, 단번에 제압해야 한다. 그것들이 숨어 있는 곳을 확정할 생각이었다.

남문 일대에서 강한 기운들이 집결한 곳은 총 세 곳, 그곳들을 남겨두고 일체 잡음들을 지워냈다. 그리고는 소리로 추적을 시작했다.

"흠. 이쯤 되면 믿지 않을 수가 없겠는데……. 자네는 어떤가?"

"솔직히 아직도 믿어지지는 않습니다. 그게 어디 믿을 수 있는 이야기입니까. 그런데 방위 총력(總力)이 전부 모인 지금까지도, 진입하지 않고 있는 것을 보면 세작(細作)들의 이야기를 재검토할 수밖에 없을 것 같습니다."

"만에 하나, 세작들이 거짓 보고를 하지 않았다면? 그래서 뢰베골트, 뢰베루빈 기사단은 물론이고 황실 근위군 전부가 한 명에게 당한 것이라면?"

　"우리는 무신(武神)과 싸우는 게 되겠지요. 하지만 검토하겠다는 것은 그런 말이 아닙니다. 단 한 명이 이 사단을 만들다니, 그런 일은 없습니다."

　"모를 일이다. 이미 말도 안 되는 일이 벌어졌지 않은가. 방위군 집결 명령이 떨어지고, 상황 전하와 황제 폐하께서는 궁정 마법사들과 함께 황성에서 피신하셨다."

　"내분도 염두에 두어야 할 것 같습니다."

　"무신이든 내분이든, 진입 명령이나 어서 떨어졌으면 좋겠구나. 내 두 눈으로 직접 확인할 수 있게."

　이쪽은 아니다. 나는 그들의 소리를 지우며 다른 막사 쪽으로 귀를 기울였다.

　"그 문제는 그를 잡은 뒤에 다시 논합시다. 사실, 그를 잡을 수 있을지 없을지도 지금은 모르지 않습니까?"

　"그건 의심하지 마시오. 누가 여기에서 빠져나갈 수 있겠소? '마기어의 왕'이 나타났다고 해도 불가능한 이야기요. 지금 단합하지 않으면 그자의 신병(身柄)에 다신 간섭할 수는 없을 것이오. 죽은 자를 어찌 살려낼 수 있을까."

　"하면 둘러 말씀하시지 마시고, 속 시원하게 말씀해 보세요. 어떻게 하자는 말씀이십니까?"

"구태여 내 입으로 직접 들어야만 하겠소? 그렇다면 여기서 그만둡시다."

"그만들 하시게. 우린 그자를 살려두지 않을 것이네."

"각하!"

"각하. 다신 없는 절호의 기회입니다. 지금을 놓치면……."

"이렇게 제 몸들 아끼기 바쁘신데, 어찌 우리가 의견을 하나로 모을 수 있겠나. 그만 진입해서 죽이세. 지휘는 지엄하신 황제 폐하께서 직접 하실 것이네. 미련한 사람들 같으니라고. 쯧쯧."

"각하!"

"각하!"

"각하! 죄송합니다. 하면 이 자리에 있는 분들 만큼은 그자를 황태자로 옹립한다는 데에 누구도 의의가 없을 거요. 우리가 힘을 합친다면 번왕(藩王)들이 끼어들기 전에 그리할 수 있을 것이오. 성공만 한다면, 많은 게 달라질 거요."

"맞습니다. 후작 각하를 중심으로 단결해야 합니다."

이쪽도 아니다. 과연 그들의 목소리마저 걸러내자 익숙한 목소리가 흘러들어왔다. 몇 시간째 소식이 없던 아할이었다.

"폐하. 시간이 많이 지났습니다. 그자가 이리로 올 겁니다. 반드시 그리할 자입니다."

"또 그 소리! 짐이 알던 위대한 마법사는 어디로 간 것이냐."

"저는 물론이고 그 누구도, 그자에게서 폐하와 전하를 지켜낼 수 없습니다. 제 말을 믿으셔야만 합니다. 상황 전하. 폐하께 어떤 말씀이라도 해주십시오."

"시끄럽소! 아할. 평생 동안 그대의 말에 귀를 기울여온 나지만, 이 이상은 들어줄 수가 없소. 간악한 찬탈자에게 동조하다니."

"전하께서도 그자가 황성에서 저지른 일을 보셨습니다. 아니 보셨습니까?"

"봤소. 허나 급작스럽게 당한 것일 뿐, 이제 제국의 힘을 보여줄 차례요. 단 한 명에게 무너질 제국이라면 차라리 무너져 버리고 새 나라를 건국하는 게 맞는 거요."

"그자는……. 인간의 영역에서 벗어난 자입니다. 기존의 상식에서 생각하시면 아니 되십니다. 상황 전하……."

상황 보겐과 황제 그리고 아할 외에도 사십 인이 넘는 기운이 거기에서 느껴졌다. 들어가자마자 해야 할 일은 상황과 황제를 마법사들로부터 떼어 놓는 일이다.

종탑 끝에서 몸을 던졌다.

흡사 하늘을 날 듯 곡선을 그리며 빠르게 나아가다가, 그들이 숨어있는 막사와 수직을 이루는 지점에서 몸을 거꾸로 돌렸다.

그리고 나는 미사일처럼 떨어져 내렸다.

쉐아아악.

칼날처럼 날카로운 바람들이 전신을 스치고 지나간 그 찰나, 막사 천장이 바로 내 눈앞에 있었다. 그대로 내리꽂아 막사 천장을 뚫고 안으로 들어갔다.

반전(反轉)된 막사 안의 광경이 빠르게 쏟아져 들어왔다. 정수리가 땅에 닿을 무렵 다시 몸을 틀자, 나와 함께 들어온 질풍(疾風)이 바닥의 흙먼지를 부산하게 일으키며 사방을 뿌옇게 만들었다.

나는 백골조(百骨爪)의 고수같이 양손을 갈고리처럼 쥔 채로 몸을 솟구쳤다.

한 손에 하나씩.

두 남자의 목이 손아귀 가득 잡혀 들어왔다.

"커헉!"

"커어……."

솟구친 그대로 이미 찢어져 있던 막사 천막을 또다시 뚫고 나왔다.

상황과 황제는 내 손목을 움켜잡은 채 바둥거렸다. 그들이 무게를 실어 허우적대고, 제 목을 잡은 내 손을 떼어 내려 했지만 그럴수록 그들의 목을 옭아맨 올가미는 더욱더 깊고 세게 그들의 목을 파고 들어갔다.

내가 작정하고 빠르게 허공을 가르는데 누군들 나를 쫓아올 수 있을까.

간혹 허공으로 공간 이동하며 나타난 마법사들이 있었으나, 그들은 나타나기 무섭게 내 뒤쪽 저 멀리 일점(一點)처럼 사라져 버리는 꼴이 되었다.

이것들을 잡으러 떠났을 때처럼, 창문을 통해 침실 안으로 들어왔다.

들어오자마자 그들을 바닥에 내팽개쳤다. 놀란 엘라는 재빨리 이불 속으로 숨었다.

상황과 황제가 넘어진 채로 고통스럽게 숨을 몰아쉬었다. 그런 그들의 목 뒤로 검붉게 자리한 내 손가락 자국이 선명하게 보였다.

상황과 황제의 체면이 말이 아니다. 더위에 늘어진 개처럼 침을 질질 흘리며 몸을 일으키지 못할 뿐만 아니라, 손가락 하나 발가락 하나 까딱이지도 못한다.

그때, 아할이 공간의 일그러짐과 함께 나타났다.

"전하! 폐하! 두 분이 왜 이러신 겁니까? 어떻게 하신 겁
니까!"

피식 웃음이 나왔다.

옥제황월, 놈이었다면 망설이지 않고 이 둘의 심장을 꿰
뚫었을 것이다. 제국을 위해서라는 위선적인 말을 남기면
서 말이다.

그리고 그것은 이제 내가 해야 할 일이었다.

발을 뗐다.

비로소 검집에서 모습을 드러낸 흑천마검에서 스산한 묵
광(墨光)이 흘러나왔다. 그렇게 마검을 한 손에 움켜쥐고 상
황의 앞에 섰을 때, 이쪽을 쳐다보고 있는 아할이 보였다.

그는 흑천마검의 위험한 매력에 빠져 잠깐 넋이 나가 있
다가 막 정신을 차렸다.

그가 나를 향해 고개를 설레설레 저었다. 두 눈엔 벌써
절망이 눈물처럼 맺혀 있었다.

하지만 늦었다.

나는 마검의 끝을 상황의 심장에 찔러 넣었다. 그 순간
머릿속으로 크크크, 거리는 흑천마검의 웃음소리가 들렸
다.

검신(檢身)으로 빨려 들어오는 핏물들이 보인다. 동시에 상황이 품고 있던 기운까지도 빠른 속도로 빨려 들어오면서, 상황의 육신이 거죽만 남은 해골처럼 오그라들었다.

"안 돼!"

아할이 마법 주문을 외우는 대신 평범한 노인처럼 절규했다.

나는 그를 쳐다보며 마검을 빼냈다.

아래에서 위로 쑥 뽑는 것이 아닌, 옆으로 그으면서 검을 회수했다.

거기에서 번뜩이고 날아간 붉은 검기(劍氣)가 황제의 목을 관통하고 지나갔다.

스삿!

"폐…… 폐하……."

아할이 제자리에서 주저앉았다. 황제의 목과 몸이 천천히 분리되는 광경을 쳐다보던 그는 완전히 체념한 얼굴로 나를 쳐다보았다.

"폐하와 전하를…… 죽이셨습니다."

― 그럴 거라고 하지 않았더냐? 나는 네놈과 이것들에게 기회를 줬었다.

앞으로 뻗은 손아귀를 향해 아할이 몸이 확 꺾여서 날아왔다.

나는 그의 목을 움켜잡아 얼굴을 가까이 가져왔다.

— 상황과 황제가 죽었으니, 이제 정통(正統)은 내게 있는 것이지.

"크어……."

— 아니라? 황족 전부를 죽여야 한다고 말하는 싶은 것이냐?

아할이 숨이 막힌 와중에도 고개를 아무렇게 흔들었다.

— 짐이 나가 이 검으로 모두의 목을 직접 베기 전에, 바깥에 있는 것들을 치워라. 짐이 제국을 사랑하는 원로(元老)에게 주는 마지막 기회다. 지금부터 짐이 제국의 정통을 잇는다.

이번에는 그의 고개가 앞뒤로 끄덕여졌다.

아할을 내팽개치고 방에서 나갔다.

긴 복도 위를 걸었다.

거인의 성에서 뚝 떼어다 놓은 것 같은 거대한 철문 두 짝이 복도 끝에 굳게 닫혀 있다가, 쿵 소리를 내며 뒤로 밀어졌다.

그러자 금과 루비로 만들어진 두 사자상과 오단 계단 그리고 단상에 위치한 큼지막한 황좌(皇座) 외에도 대전 안의 웅장한 건축 양식들이 한눈에 들어왔다.

뚜벅.

내 발걸음 소리가 장내로 퍼져나갔다.

뚜벅뚜벅.

그러나 정작 대전 안은 광대한 그 규모와는 달리 사람 하나 없는 탓에 서늘하게 죽은 축축한 공기만이 감돌고 있었다.

계단을 올라 황좌에 앉았다. 차갑게 식은 황좌의 금속 재질이 엉덩이로 느껴졌다. 입꼬리 끝이 올라가고 입술은 살짝 벌어졌다.

"큭큭…… 크크크크……."

흘러나간 웃음소리가 귀곡성(鬼哭聲)처럼 울리기 시작했다.

내가 마음을 먹자, 나는 만 하루도 안 되는 시간 만에 제국의 황제가 되었다.

〈다음 권에 계속〉